中公新書 1729

長谷川 櫂 著

俳句的生活

中央公論新社刊

俳句的生活◆目次

【図版出典】

正岡子規『仰臥漫録』(虚子記念文学館所蔵)
　第二章，第六章，第十二章
正岡子規『草花帖』(国立国会図書館ホームページ貴重書画像データベースより)
　目次，第一章，第三章～第五章，第七章～第十一章

第一章　切る

八月十七日午後
ロベリア Lobelia
(山梗菜科 Lobelia Sessilifolia)

1

吉川英治《よしかわえいじ》の『宮本武蔵《みやもとむさし》』に若き日の武蔵が柳生石舟斎《やぎゅうせきしゅうさい》を訪ねる場面がある。武蔵はこのとき、まだ二十歳を過ぎたばかりで剣の道を求めて修行の旅を続けていた。

石舟斎は柳生新陰流《しんかげりゅう》の開祖として知られる人である。柳生という山里の一城主として戦国の乱世を生き延び、今は城内に庵《いおり》を結んで隠遁《いんとん》生活を送っている。歳《よわい》すでに八十近く、本の中では「鶴のような老人」と形容してあった。石舟斎の息子宗矩《むねのり》は徳川幕府の兵法師範を務めており、柳生新陰流は幕府がお墨付きを与えたいわば政府公認の剣術となっていた。

武蔵はその柳生新陰流の生みの親である石舟斎に一度会って教えを乞《こ》いたいと思い立つ。しかし、石舟斎は武者修行の者には会わないというもっぱらの評判である。そこで武蔵は城下の旅籠《はたご》に寝泊まりしながら機会をうかがっている。

そこにもう一人、石舟斎と手合わせを望む若者がいた。室町幕府に仕えた京の剣術の名門吉岡道場、その当主清十郎《せいじゅうろう》の弟伝七郎《でんしちろう》である。仲間と伊勢参りの帰りに柳生に立ち寄り、再三、石舟斎に手合わせを申し入れている。

もとより会うつもりのない石舟斎は庭の芍薬《しゃくやく》を一本みずから切り取ると、断りの手紙を結《ゆわ》えてお通《つう》に持たせてやった。武蔵を慕うお通は、このとき石舟斎のもとに身を寄せていた。その手紙を読んだ伝七郎は怒って手紙を結んであった芍薬の花をお通に突き返す。

不思議なめぐり合わせで、その芍薬が同じ旅籠に泊まっていた武蔵の手に渡ることになる。芍薬を手にとった武蔵は茎のみごとな切り口を見て、これは石舟斎が切ったにちがいないと直感する。そして、何としてでも会いたいとますます思いを募らせる。

そこで武蔵は石舟斎の切り口の少し上で芍薬の茎を切り落とし、その切れ端を、武蔵を師と仰ぐ城太郎《じょうたろう》少年に持たせて城へやる。石舟斎は茎の新しい切り口を見て、この若者になら会ってみたいと思う。そんな話の筋である。

芍薬の一ト夜のつぼみほぐれけり　　久保田万太郎

芍薬の花は一重も八重も白も紅もある。最近は花の世界も万事が西洋風に派手になって一重よりは八重、白よりは紅がもてはやされる風潮があるが、『宮本武蔵』の柳生の場面で石舟斎が切ってお通に託した芍薬は白の一重でなければならない。まっすぐに伸びた茎の先で白い一重の花びらが万太郎の句のようにはらりと開きかかっている。その健康な茎が石舟斎の刃によって鋭く断たれていた。

その芍薬の切り口を吉岡伝七郎は見落とした。ちらりと見たかもしれないが、その尋常でない鋭さに気がつかなかった。一方、武蔵はその切り口に目をとめ、石舟斎の剣の凄《すご》さに内心、畏《おそ》れを抱く。

伝七郎はのちに京の三十三間堂で武蔵と果たし合いをして敗れる運命にあるが、実は柳生の里で石舟斎から一本の芍薬の花を目の前に差し出されたときにすでに二人の勝負はついていた。そのことを伝七郎も武蔵も知らぬまま決闘に臨むのである。

思えば空恐ろしいことである。

2

これと似たことが俳句でもしばしば起こる。一見、目立たない句であろうとも見る人が見れば相当の人が詠んだにちがいないとわかる。反対にいかに名高い人の名高い句であろうとなまくらであることもすぐ見抜かれてしまう。

白《しら》梅《うめ》のあと紅《こう》梅《ばい》の深《み》空《そら》あり　飯田龍《りゅう》太《た》

目の前にあるのは花をつけた紅梅の枝々とその先に深閑として広がる青い空である。その景が現われる前には白梅が作者の眼中を占めていた。「白梅の」とまず白梅を出しておいて、その白梅から「紅梅の深空」への悠々と、かつ決然と果たされる転換は鮮やかとしかいいようがない。

紅梅の花期は白梅にやや遅れる。古来、歳時記の編者たちは、白梅は初春二月（旧暦一月）、紅梅は仲春三月（旧暦二月）の花としてきた。ここでは白梅が咲いたあと、紅梅が咲き始めたととってもよいし、白梅を眺めたあと、紅梅を眺めているとしてもよい。しかし、そうした解釈の違いを超えたところにこの句が描き出した白梅と紅梅の深空はしんと静まっている。

一句のもたらす白梅と紅梅の幻影のすべてが「白梅の」といいかけて「あと」で軽くかわし、一気に「紅梅の深空あり」と切り下ろす龍太の気迫の上に成り立っている。その終わりとなる「深空あり」の切り口の鋭さ、切れ味のみごとさ。白梅、紅梅というたおやかであるべき花を描きながら、この気迫はどうしたことだろう。むしろ言葉が鋭く切ってあるからこそ花はいよいよたおやかなものとなるというかのようである。

飯田家は山梨県境川《さかいがわ》村の旧家である。東京から車で甲府盆地に入って勝沼の葡萄畑を抜け、一宮《いちのみや》の桃の畑を過ぎると間もなく甲府の手前で石和《いさわ》という温泉の町を通る。そこから左に折れて真南へ山道を登っていったところが境川村である。ちょうど富士山の北に当たり、眼下に甲府盆地を見わたす。晩春、桃の花に染まる盆地の眺めはのどかなもの。桃源郷さながらのこの山村で飯田家は代々、山林を守ってきた。その龍太の父は飯田蛇笏《だこつ》である。

くろがねの秋の風鈴鳴りにけり　　飯田蛇笏

冷え冷えとした秋の風鈴の音色を詠んで並ぶものがない。ひやりとして冷たい鉄の風鈴、夏を過ぎても仕舞い忘れて軒先に吊るしたままになっているその風鈴が秋風に揺れて音をたてた。その澄みきった音色。その音がしみわたるようにはるばると広がって消えてゆく山国の秋の山河。その一切を出現させる「秋の風鈴鳴りにけり」という千分の一の狂いもなく勘所にすっと降りてゆく刃のような断定の揺るぎなさ。

父子といえども別の人間であるから、父のすべての資質が子に受け継がれるわけではない。しかし、龍太の句にみなぎる気迫は父蛇笏からある気質とともに受け継いだもののように思えてならない。

ところが、ややもすると龍太や蛇笏の句の切れ味を気づかずに読み過ごしてしまいがちである。たとえ、その句に心打たれた人であっても、その心打つものが言葉の切れと切り取られた言葉の味わいからきていることになかなか気がつかない。つまり誰でもうっかりしていると、石舟斎が切った芍薬の切り口に気づかなかった伝七郎のように言葉のみごとな切り口を見逃してしまうことになる。

剣道や空手などの武道の世界では「にらみ倒し」ということがあって、名人同士の試合となるとお互い離れたまましばらくにらみ合っただけで相手の腕がわかってしまい、一太刀一拳も交えぬまま礼をして終わりとなることがあるという。

猫の喧嘩などもこれと同じで、二匹の猫が互いに威嚇の体勢でにらみ合ったまま、引っかいたり嚙《か》みついたりすることなくそのままやがて別れてしまうということがあるらしい。私の妻が近所の猫を観察したところでは、相手をにらみつけたままひたと静止して微動だにしない方が勝ち、わずかでも動いた方が負けとたいてい決まっているらしい。そして、負けた猫は相手のすきをうかがって、すごすごと引き下がってゆくという。

猫の間でそうした「にらみ倒し」が起こるのは、どちらも相当強い猫の場合である。強い猫同士ならどちらもにらみ合っただけで相手の強さがわかるので、武術の名人のように無駄な争いはせずにすませる。しかし、どちらかが弱い猫であったり弱い猫同士の場合には、けたたましい大喧嘩が起こることになる。弱い猫と強い猫の場合、たいてい弱い猫の方から向こう見ずに喧嘩を仕掛ける。人間の間でも猫の間でもえてして無駄な争いを構えたり、まして敵味方にかかわらず流す必要のない血を流したりするようでは、とても名人といえない。

3

俳句はわずか十七音の地球上で最も短い定型詩である。この十七音という制限があるために本来なら言葉が結び合って生まれるはずの文脈というものがほとんど成り立たないわけで、もともと俳句はどれもこれも赤ん坊が口走るカタコトのようなものである。仮にこれをまっとうな文章と比べてみれば、芭蕉の句にしても蕪村の句にしても俳句の言葉はみな破れていて、すき間だらけであることを認めざるをえない。

ところが、草創期の俳諧師《はいかいし》たちは俳句がもって生まれたこの破れをいわば逆手にとって、破れからのぞくすき間に広大な空間や悠久の時間を呼びこもうとした。受け身に甘んじていればどうしようもない破れかほころびにすぎないものを、あるときからみずから進んで生かそうとした。これが俳句の「切れ」である。

こうして切れは十七音という制約を、発想を逆転させることによって自在な時空への入口に変えた。切れは俳句という極小の詩に生まれながらにして備わり、この極小の詩を詩たらしめているばかりではなく、文章や長い詩さえ超える力を秘めている。俳句の命であり魅力の源泉でもある。

もし俳句に切れがなかったなら、ほかのさまざまな言葉遊びと同じように早々と時の波間に忘れ去られていたにちがいないが、実際はどうであったかといえば、俳句は時がたつにつれてますます多くの人々に親しまれるようになった。それはこの極小の詩の中に切れというはるかな時空への小さな入口が開いているからだろう。だからこそ飽きないのである。いったんこの俳句という極小の詩の世界にまぎれこむと、誰でもどこまでも続く桃の花咲く小道を歩いているような楽しみの虜《とりこ》になってしまうだろう。

4

芭蕉はあるとき、高弟の去来《きょらい》と丈草《じょうそう》に切れ字のことは昔からの秘伝であるからやたらに人に語ってはいけないと口止めをしたうえで、切れ字について具体例をあげながらこと細かに教えたということが芭蕉の死後、去来が書いた『去来抄』に記されている。

芭蕉は二人の門弟に「切字を入るるは句を切るため也。切れたる句は字を以て切るに及ばず」と語ったという。切れ字を入れるのは句を切るためである。もともと切れている句は切れ字を入れて切る必要はない。先達は句の切れる切れないがわからない人のために、これこれの字が切れ字であると定めた。これらの切れ字を入れると十句のうち七、八句は切れる。ところが、残りの二、三句は切れ字が入れてあっても切れない。さらにこれとは別に切れ字が入っていなくても切れる句がある。

芭蕉が切れ字について二人に教えたことを整理するとこうなる。まず俳句は「や」「かな」「けり」などの切れ字が入っている句と入っていない句の二つに大きく分けることができる。そして、そのそれぞれに切れる句と切れない句がある。すなわち、すべての俳句は切れという観点から、切れ字が「入りて切るる句」「入りて切れざる句」「入れずして切るる句」「入れずして切れざる句」の四つに分けられることになる。

「入りて切るる句」と「入れずして切れざる句」は説明しなくてもわかる。問題は「入りて切れざる句」と「入れずして切るる句」の二つである。このうち「入れずして切るる句」があるということは、「や」「かな」「けり」という明らかな切れ字だけではなく、どんな字でも切れ字となる可能性があることを示している。

一月の川一月の谷の中　飯田龍太

この句は「一月の川」のあとで切れる。そこに「や」という切れ字はないが、「一月の川や」といっているのと同じことである。この句は「一月の川は一月の谷の中」というのとはまったく異なる。

一方、「入りて切れざる句」とはそれとは反対に「や」「かな」「けり」が入っていても切れない、いわゆるなまくらな句のことだろう。

芭蕉がここで二人に語ったことは「や」「かな」「けり」という明らかな切れ字にかぎらずすべての言葉は使い方次第で切れたり切れなかったりするということである。芭蕉が続けて語ったように「切字に用ふる時は、四十八字皆切字也。用ひざる時は一字も切字なし」というわけである。

5

霜柱 俳句は切字響きけり　石田波郷《はきょう》

「や」「かな」「けり」などの切れ字について、国語の教科書や俳句入門書の類《たぐい》は強調するためとか省略の技法などと教えるが、どれも誤りである。芭蕉が去来と丈草に語ったように「切字を入るるは句を切るため也」。これ以外にはない。

では、「句を切る」とはどういうことかといえば、ただでさえ十七音しか許されないから俳句にはもともと文脈などほとんどないに等しいのであるが、そのわずかな文脈をさらに切り刻むということである。切り刻んで何をするかというと、言葉と言葉の切り口に時間的、空間的な間を生み出そうとする。

「句を切る」ことによって生み出されるこの間こそ、短い俳句が文章や詩に匹敵し、あるいはそれ以上の内容を伝えることを可能にしている。間とは言葉の絶え間。すなわち沈黙。俳句は言葉を費やすのではなく言葉を切って間という沈黙を生みだすことによって心のうちを相手に伝えようとする。俳句の言葉はわずか十七音しかないが、俳句は内部に言葉の分量をはるかに上回る豊かな沈黙を包みこんでいる。

古池や蛙《かわず》飛びこむ水の音　芭蕉

この高名な句は通常「古池に蛙が飛び込む水の音が聞こえる」と解されているのであるが、これは切れ字「や」の働きを見落とした解釈である。これで閑寂な境地をうち開いた名句などといわれても、狐《きつね》につままれたようでどこが閑寂なのかわからない。わからないからわかったふりをするしかない。

そうではなくて、この句は「どこからともなく聞こえてくる蛙が飛び込む水の音を聞いているうちに心の中に古池の面影が浮かび上がった」といっているのである。ここで切れ字の「や」は現実の世界で起きている「蛙飛びこむ水の音」とは切り離された心の中に現実ならざる古池を浮かび上がらせる働きをしている。この心の中の古池こそが閑寂境にほかならない。

さまざまの事おもひ出す桜かな　　芭蕉

この句の切れ字「かな」は眺めているうちにさまざまなことを思い出す桜の花に紗《しゃ》をかけて朧《おぼろ》げにする働きをしている。ここでは桜は目の前で咲き誇る現実の桜であると同時に、心の中のすでに思い出となった桜でもある。切れ字の「かな」がはるかな記憶の彼方《かなた》から一本の桜を呼び起こしてくるのである。この「かな」の働きはただ「さまざまの事おもひ出す桜」といった場合と比べてみれば歴然とするだろう。

灰汁《あく》桶《おけ》の雫《しずく》やみけりきりぎりす　　凡《ぼん》兆《ちょう》

灰汁桶は草木の灰から灰汁《あく》を搾り取るための桶である。桶の中に灰を混ぜた水を入れておくと、上澄みが底にとりつけた竹の口から滴り落ちる仕組みになっていた。かつて灰汁は染色の触媒としてなくてはならぬものだった。とすれば、凡兆が描き出したのは夜更けの染屋の仕事場である。すぐ隣に職人部屋があって早々と寝についた誰かが人気のない工房のもの音を聞くともなしに耳を傾けている。なお、古典の和歌や俳諧《はいかい》で「きりぎりす」といえば今のキリギリスではなくコオロギだった。

注釈書では「灰汁桶の雫の音がやんだのち、コオロギの声が聞こえる」と解釈しているが、これも誤りである。本当は、「コオロギの声がいやに冴え冴えと聞こえると思ったら、さっきまでぽたりぽたりと落ち続けていた灰汁桶の雫がいつの間にかやんでいた」といっているのである。

「雫やみけり」の「けり」は今まで気がつかなかったものにふと気がついた、すっかり忘れていたものを何かの拍子で思い出したという意味合いを含んだ切れ字である。ここではコオロギの声という一つの音を聞きとめることによって、さっきまで聞こえていた灰汁桶の雫というもう一つの音がしなくなっていることに気づく。

通常の解釈では「けり」の働きを無視したために、灰汁桶の雫がやんだ、コオロギの声が聞こえると発生した順に時間の流れに沿って並んでいる。これでは散文の叙述と同じで間などあったものではない。これに対して、切れ字の「けり」の働きに注意を払って解釈すれば、コオロギの声が聞こえる、いつの間にか灰汁桶の雫はやんでいたと読者の意識は時間の流れをさかのぼることになる。ここに間が生まれることになる。

凡兆は注釈書に書いてあるような時間の経過に伴う雫の音から昆虫の鳴声へという音の交替を述べたのではなく、灰汁桶の雫のたてる音の不在、知らないうちにとだえてしまっていたあるかすかな音について書いたのである。このことに気づいて初めて、この句は深閑と静まる。そして、その静かな闇《やみ》の奥からコオロギのかすかな声が聞こえてくる。

「や」「かな」「けり」という切れ字はどれも俳句という短い詩の中に時間的、空間的な間を生み出すのであるが、忘れてならないのはみな記憶、忘却、追憶、回想などなど、すべて人の心の動き、意識のあやに深くかかわっているということである。いわば切れ字によって切った言葉のすき間に心の世界の入口が開けている。間とは単に時間的、空間的なすき間であるのではなく、多分に心理的なものなのである。

芭蕉のいう「句を切る」とは本来、そういうことだった。

6

新涼やはらりと取れし本の帯　　櫂

三年前の秋、二十二年間、勤めてきた新聞社を辞めた。かなり前からいつかは俳句に専念したいと考えていたが、実際、会社を辞めるとなるとさまざまな問題が目の前に壁のように立ちふさがってきた。いちばん大きな問題は会社を辞めたあと、どうして生活してゆくか、食べていくかということである。

莫大な財産があるのでもなく、妻は専業主婦であるから別に収入があるわけでもない。二人の子どもはまだ高校生と中学生で、いよいよこれからがお金のかかる時期である。さらに困ったことに数年前、あまり考えもせずに銀行から借金をして買ったマンションのローンの返済もまだ大半が片づいていない。

これでは辞められるはずがない。無理して辞めれば、退職金を使い果たしてしまったあとは一家四人、飢え死にするしかない。あーあ、思考停止。しかし、数日後、会社に辞表を出していた。

そのとき、俳句の切れのことが心の中にあった。切れは俳句の命である。自分はこれからその俳句に専念したいと思っている。それなのに、自分の人生さえさっと切れないようでは俳句に専念する資格などもともとない。たとえここで会社を辞めるのをあきらめたとしても、そんなヤワな性格ではとうてい俳句に向いていない。

となると、残された道はただ一つ。運を天ならぬ俳句の神さまに任せて一歩前に踏み出すしかない。

旅人と我名《わが》よばれん初しぐれ　芭蕉

芭蕉はある年の初冬、この一句を残して江戸をたち、故郷の伊賀上野を経て上方へ向かう旅に出た。その紀行である『笈《おい》の小文《こぶみ》』には「神無月《かんなづき》の初《はじめ》、空定《さだ》めなきけしき、身は風葉の行末なき心地して」としたためて、この句が記してある。冬の初めの心もとない空模様を眺めるにつけても、わが身は風に舞う行方も知れぬ木の葉のような心地がして、というのである。

注釈書は「初時雨の折から、早く旅に出て、道中、旅人と呼ばれたいものだ」などと、さながら芭蕉がいそいそと旅立ってゆくかのように書いている。そうではなく、いったんみなと別れてここを旅立ってしまえば私はどこの誰それという名前さえ失せてしまってただ旅人とだけ呼ばれる存在になってしまうだろうと、何ものかに誘われるかのようにまたしても旅立とうとしている自分自身をどこか離れたところから眺めながら嘆息しているのである。

又山茶花《さざんか》を宿々にして　長太郎

芭蕉の句を発句とした送別の連句の会で門弟の一人が付けた脇の句である。芭蕉の句の「よばれん」を現代の注釈者は「呼ばれたいものだ」と芭蕉の願望と見誤ったが、脇の句の作者は「よばれん」にこめられた、旅立ちを前にした芭蕉の嘆きとも諦めともつかぬ憂愁を見落とさなかった。だからこそ道すがら待つ山茶花の花で芭蕉を慰めようとしたのである。芭蕉の発句を憂愁と気がついて初めて脇の句の山茶花は慰藉《いしゃ》として生きてくる。

しかし、この脇の句についても注釈書は「山茶花の咲いている宿々に泊まりを重ねて」などと解しているが、この句は芭蕉が泊まる宿に山茶花が咲いているだろうなどといっているのではない。さながら桜の花を一夜の宿の主とする、能の諸国一見の僧のように、街道の道々に咲く山茶花の花そのものを宿としながらこれから旅を続けられることだろうと芭蕉を慰めているのである。

切り出しの「又」には、先生は江戸の庵を温める間もなくまたしても旅立とうとされているという芭蕉の旅立ちを惜しむ弟子たちの気持ちがこめられている。これも芭蕉の句が憂愁の表現であると気づかなければ出てこない「又」である。注釈書のように「旅人と我名よばれん」を芭蕉の願望ととるならば、脇のこの「又」の意味合いもわからない。そこで注釈書はこの「又」を無視している。

病《やむ》鴈《かり》の夜さむに落ちて旅ね哉　芭蕉

「初しぐれ」の句の四年後、近江の堅田《かただ》で芭蕉が詠んだ句である。晩秋、北の国から渡ってくる途中、群から落ちて水辺の蘆の間に身を潜ませて旅寝する一羽の病の雁。蘆をもれる月の光が雁や水を照らしている。旅という病に憑《つ》かれ、今宵ここ琵琶湖のほとりの堅田に宿を借りた芭蕉みずからを一羽の雁になぞらえている。大空のどこかから、おそらくは湖水を照らす月の高みから自分自身の化身である病の雁を見やる芭蕉のまなざしは「初しぐれ」の句同様、ここでも嘆きとも諦めともつかぬ憂愁を帯びている。

こうして芭蕉はなくなるまでの十年間、憑かれたように旅を重ねた。もし芭蕉が俳諧を一生の事としていなかったら旅から旅へのこの十年間を送っただろうか。そう考えると、すべてを捨て去って世捨て人さながらの行脚の人生を芭蕉に歩ませたのはほかならぬ俳諧であったことが誰の目にも明らかになるだろう。

7

飯田龍太は父蛇笏がなくなったのち、蛇笏が主宰していた俳句雑誌『雲母《うんも》』を継承した。俳句雑誌には投句といって毎月、数百数千の門弟から俳句が送られてくる。一人が三句ずつ出せば門弟の数の三倍、五句ずつ出せば五倍の数の句に主宰者は毎月、目を通して選をすることになる。門弟たちは一か月の間に作った俳句の中からこれはという句を送ってくる。うまいへたはあっても、みな心をこめた苦心の作であって一句といえどもおろそかにはできない。今の時代に俳句雑誌を主宰するとは、こうした膨大な量の仕事としがらみをみずから引き受けることである。

龍太は蛇笏から受け継いだ創刊八十年になろうとする歴史あるこの雑誌を、あるときぎっぱりとやめてしまった。同時に自分の俳句を発表することも一切やめた。俳句雑誌は一度始めたら、廃刊にするのはなかなか難しい。しかし、『雲母』の終刊は胸がすっとするほど速やかであり鮮やかであった。終刊間際、新聞にスクープされるまで多くの門弟も知らなかったほどである。

そのとき、龍太の心に宿り龍太を導いたのも俳句そのものではなかったろうか。

涼風の一塊として男来る　　飯田龍太

切れを命とする俳句が長い年月のうちに、このような句を詠んできた人に人生もまた同じようにみごとに切ることを望む。こうした句を詠む人であればそれができる。できないはずがない。

誰しも何であれみずから深くかかわるものから知らず知らずのうちに抜き差しならない影響を受ける。長い時間がたつうちに姿形が似てくることさえある。酒造家は人生もまた時の力によってゆっくりと発酵してゆく美酒のようなものでありたいと願い、剣術家は剣の道と人生を一つのものとしてとらえる。同じように俳人の人生が俳句の影響を受けたとしても何も怪しむことはない。

第二章　生かす

朝皃ヤ絵ノ具ニジンデ繪ヲ成サズ
朝顔ヤ絵ニカクウチニ萎レケリ
此句既ニアルカ
朝顔ノシボマヌ秋トナリニケリ
蕣ノ一輪サシニ萎レケリ

1

妻を連れて京都に旅行し二人で食事をとるたびに妻は田楽味噌《でんがくみそ》を塗って香ばしく焼いた茄子《なす》や薄い出し汁を煮含めた油揚を箸《はし》でつまみながら「京都の人って本当に何でもないものをおいしそうにして出すのね」と半ば溜《た》め息《いき》まじりにもらす。そういわれれば京料理にはたしかにそんなところがある。

京都の料理屋で出す料理は店は違っても京料理という看板のもとに統一されているかのような似通ったところがある。これはほかの町と大いに違うところであって、たいがいの町では料理屋ごとに出される料理もまちまちであり、客はその店の料理を食べるのであるが、京都ではどの店に入っても、味の良し悪しはあるとしても、やや乱暴ないい方をすれば同じ料理を食べることになる。

江戸料理、東京料理などという用語がないのは当然としても、あの食い倒れの大阪にしても大阪料理、浪花《なにわ》料理などとはいわない。あくまで大阪の料理である。土地の名前をじかに料理につけて奇異に響かないのは京料理のほかには、しいてあげれば加賀料理と沖縄料理くらいだろう。

京料理という言葉がすっかり定着しているのは、どの店とかぎらず同じものを出しているかのような統一された印象のせいでもある。しかも京料理は日本の料理の典型のように思われていて、和食、日本料理といえば誰でもまず京料理めいたものを想い描く。

京料理に使う材料は野菜であれ魚であれ質素なものばかりである。野菜は賀茂茄子、鹿ケ《ししが》谷南瓜《たにかぼちゃ》、桂瓜、堀川牛蒡《ごぼう》、聖護院《しょうごいん》大根、壬生《みぶ》菜、九条葱《ねぎ》などという京の町の近郊に散在する里で昔から栽培され、その里の名を冠して呼ばれる京野菜の数々がある。これに春は山菜や西山の竹林で大事に育てられた白子という真っ白な筍《たけのこ》、秋になると周辺の赤松の山に生える松茸《まつたけ》が加わる。

魚といえば、少し前までは京都では若狭《わかさ》や北陸や瀬戸内の海から運ばれてくる塩魚や干魚しか手に入らなかった。山一つ越えた琵琶湖や洛中を流れる鴨川からは鮎や鮒《ふな》などの川魚がとれたが、淡水魚であるから生で食べるのははばかられる。今でこそ輸送手段の発達で新鮮な海の魚が京の町中でも食べられるようになったが、昔の京では新鮮な魚は口に入らなかった。京野菜や塩魚のほかには京料理の材料としては京都の町で加工してできる豆腐や麩《ふ》があるくらいである。

あらためて眺めなおすと、本来の京料理の食材はおおかた質素を通り越して貧弱なものばかりであることに気づく。こうした食材しか手に入らなかったのは、一言でいえば京都が山国だからである。桓武《かんむ》天皇の御代に都が造成された山城盆地は新鮮な魚がとれる海から遠く隔たっていた。しかも、その東半分は鴨川の運んできた砂礫《されき》の地、西半分は蘆や水草の生い茂る湿地という、どちらも作物の栽培に向かない痩《や》せた土地だった。

この貧弱な土地でとれる貧弱な食材をどう料理するか。素朴な食材をどう生かし、どのようにして味を引き出すか。これこそ京都の料理人たちが長い間、一貫して取り組んできた最大の課題だった。そして、この難問を前にした料理人たちは切る、煮る、焼くという料理の基本中の基本の技を磨くしかなかったのである。天がわずかしか微笑んでくれないところは人が補うしかない。

料理人たちは代々、食材の秘めるかすかな味を最大限に発揮させるために包丁加減、水加減、火加減という料理の技術に工夫を重ね、いつしか極限にまで高めていった。その何百年にも及ぶ工夫と修練の積み重ねのうえに今の京料理がある。

水桶にうなづきあふや瓜茄子《うりなすび》　蕪村

今、一本の旬の茄子を前にして、はたしてこれをどう料理したものか。茄子は艶《つや》やかな紫をしていて見た目には美しいが、生のままでは青臭いだけで味というほどの味もなく養分もほとんどない。おおかたは水気とわずかばかりの身からなる。その皮に包丁を入れ、炭火で炙《あぶ》って水気を抜くことによって、茄子の秘める茄子の味を凝縮させ、引き出す。

鰤《ぶり》などの塩魚にしても同じことであって、料理人たちは余分な塩分を落とし、包丁を入れ、適度の火加減で炙って、分厚い塩の奥に封じこめられたかすかな鰤の味をよみがえらせようとする。京料理においてはときとしてその塩鰤がとれたての新鮮な鰤以上の味わいとなることさえある。

包丁にしても水や火の加減にしても、およそ京料理の技の一切は野菜や魚の中に蔵された味を引き出す、この一事のためにある。食材から邪魔なものを一つ一つ丁寧に取り除いて茄子なら茄子、鰤なら鰤の味を取り出し、最大限に生かそうとする。

野菜や魚は何よりも包丁加減一つで味が変わってしまう。縦に切るか横に切るか、細胞に気をつけて切るかどうかで生きもすれば死にもする。そこで、材料の持ち味をできるかぎり生かしてやるにはどう切ればいいか、ここが料理人の工夫と修練のしどころとなる。

2

京都で磨かれた料理法が西へ伝わって瀬戸内海でとれる新鮮な鯛や穴子や蛸《たこ》と出会って生

まれたのが大阪の料理であり、一方、北へ伝わって日本海の鰤や蟹、秋に渡ってくる鴨と出会って生まれたのが加賀百万石金沢の料理である。大阪の料理も加賀料理も京都で発達した料理法が京都にはなかった新鮮な食材と幸福な出会いを果たすことによって生まれた料理であり、どちらも原型となった京料理より見た目に豊かなのは当然としても、私の貧しい経験からみても京料理よりもはるかにうまい。だからこそ大阪の食い倒れなどという言葉も生まれたのだろう。

私は長い間、大阪と金沢の料理は日本料理の一、二であると確信してきたのであるが、遅ればせながら最近、料理の技が新鮮な食材と幸福な出会いをしたもう一つの料理があることを知った。

四国の徳島のある料理屋でのことである。今年の初め、ここで食べた料理の一皿は実に野趣あふれるものだった。表面に焦げ目がつくくらいに炙って小振りの角に切った肉が四隅の反りあがった織部《おりべ》の叩《たたき》の皿に小高く盛りつけてある。何の肉だろう。牛肉を炭火で焼いたものだろうかと一切れ食べてみると、牛肉ではない。もっと香り高い肉である。それをおそらく醬油と酒を塗って幽庵焼《ゆうあんやき》にしてある。はっとひらめいたものがあって「猪ですか」とカウンターの向こうの料理人に尋ねると「そうです。昨日、入りまして」。

ざっくりと割れたような肉の切り口からのぞく赤身と脂身の重なり合うどきっとするほど

鮮やかな色合い。その肉切れが、この寒空のどこから採ってきたのか、蕗《ふき》のとうを微塵に刻んで油でぱっと揚げたものにまぶしてある。口に含むと立春間近な野山の香りがまず漂い、じわりとにじみ出る猪肉の熱い脂が舌の上に広がる。

徳島市の近郊には四国山地の端山が点々と散らばっていて、そうした里山にはたいてい竹藪がある。竹藪の地中では冬も終わりのこのころになると早くも筍が育っている。その地中の筍を食いに山から猪が降りてくる。猪は筍が大好物で一晩のうちに竹藪のいたるところを掘り返しては筍の芽を食い荒らすらしい。

そこで里のお百姓は筍を食い荒らしにきた猪をとーんと鉄砲で仕留めると、高く買ってもらえるというので車に積んで徳島の料理屋の勝手を訪ねてくる。私がこの店に行った前の日に、筍を荒らしに里に降りてきてあえなく最後をとげた猪の大物が運び込まれた。それがこうして神妙に皿に載っている。

猪をずどんと撃てる木《こ》の芽かな　櫂

猪は俳句では冬の季語である。なぜならば、狩の獲物であるから。昔の人々は農作物のとれない冬の間は狩をしてその獲物の肉で飢えをしのいだ。そこで狩そのものをはじめ猟銃、猟犬、罠など狩にかかわるすべて、兎、狐、狸など狩の獲物もみな冬の季語となった。猪もその一つ。それのみならず猪汁も猪鍋も牡丹《ぼたん》鍋という料理の名前も冬の季語となった。

猪肉のいいのが手に入った。さて、これをどう料理したものか。食材が完全に征服しつくされてシェフの意のままに変貌をとげたかのようなフランス料理風に料理することもできる。しかし、それでは猪肉の風味が失われて惜しい。かといって、猪汁や猪鍋という日本の伝統的な冬の料理にしてしまっては泥くさい。もはや真冬は過ぎて二、三日もすれば寒が明けて立春である。そこで炭火で炙って蕗のとうにまぶすという料理法を思いついた。

猪を炙り蕗の薹《とう》まぶしかな　櫂

蕗のとうは山里にいちばん先に春を告げる草である。それにまぶしてやれば猪肉の野生の風味を殺すことなく、春を待つ一品に仕上げることができる。持ち味を殺さないということは持ち味を生かしてやるということである。それが筍を食いにきて撃たれた猪の供養にもなるだろう。あの料理が出てくるまでの舞台裏はそういうことではなかったかと想像するのである。

徳島市は四国一の大河吉野川の河口に開けた町である。四国山地をひたすら東へ進んで紀伊水道に流れ入る吉野川が運んできた土砂が堆積《たいせき》してできた徳島平野のはずれにある。川を結び目にして海と山がこの町で出会う。つまり日本料理で考えられるありとあらゆる素材が、しかも新鮮なまま手に入るということである。

まず徳島の町の周辺の農村や山村でとれる野菜や果物や肉や卵。鮎や鰻《うなぎ》などの川魚。そして、海の魚。それも鯛や眼張《めばる》などの内海の魚ばかりでなく、鰹《かつお》や秋刀魚《さんま》のような外洋の魚も港に揚がる。紀伊水道を北上し鳴門海峡を抜ければ波穏やかな瀬戸内海に入り、南下して蒲生田《がもうだ》岬を越えれば目の前には果てしない太平洋が広がっている。

地の利に恵まれた土地にすぐれた技がもたらされれば天下無敵の料理が誕生するのは火を近づければ油が燃えあがるのと同じである。この店の主は大阪のさる老舗《しにせ》で修業した人だった。あのこんがりと炙った猪肉を鮮やかに切ったのは主によって伝えられた大阪の包丁の技だった。京で生まれた料理の技が大阪ではぐくまれてここ徳島に伝わったことになる。

3

包丁や氷のごとく俎《まないた》に　櫂

料理屋のカウンター越しにみえる、拭き清められた柾目《まさめ》の俎板《まないた》の端に青い氷の塊のような本焼の菖蒲《しょうぶ》刃庖丁が置かれているのをみてひそかに讃嘆の声をあげるのは私だけではないだろう。あのようなところでみる包丁は手もとから切っ先の一点にいたるまですっと一本の気が通っていてさながら精悍《せいかん》な生きもののようである。昔、刀は武士の魂といったのにならって包丁は料理人の魂といっても決して大袈裟《おおげさ》ではない。

食材を切ることは西洋料理では下ごしらえの一つにすぎないけれども日本料理では料理の命である。切り方一つで姿も変われば味も変わる。魚や野菜が生きもすれば死にもする。俎板の上に置かれた鯛一尾、蕪《かぶ》一個を殺すことなく、いかに生かすか。その一点に集中して料理人は包丁を入れる。

この点、俳句と料理は驚くほどよく似ている。俳句は切れが命であり、言葉を切る文芸であるといっても、何も闇雲《やみくも》に言葉を切り刻もうというのではなく、まして言葉を殺すために切るのではない。料理人が鯛を切り蕪を切るのと同じように言葉を生かすために切る。では、言葉を生かすとはどういうことか。

わせの香や分け入る右は有そ海　　芭蕉

芭蕉が『おくのほそ道』の途上、今の富山石川県境の倶利伽羅《くりから》峠で詠んだ句である。あたりには早稲の田が広がり、はるか右手には有磯海《ありそうみ》が見わたせた。富山湾に沿って走るＪＲ氷《ひ》見《み》線の雨晴《あまはらし》駅付近の荒磯を昔からこう呼んでいる。

この句は「わせの香に分け入る右は有そ海」といっているのと同じに聞こえるかもしれないが、「わせの香や」と「わせの香に」とでは「わせの香」という言葉の働きが異なる。「わせの香に」というと、「わせの香」という言葉は「わせの香に分け入るその右には有そ海が見える」という散文の部品の一つにすぎない。早稲の香りを示す記号として使われている。これに対して「わせの香や」としてここでいったん切ると、この「わせの香」という言葉は「分け入る右は有そ海」と切り離され、早稲の香りを示す単なる記号であることをやめて早稲の香りそのものを表わす生きた言葉に生まれ変わる。

「わせの香や」といってそのあとに一呼吸の間を置くことによって、秋の日に照らされて香りたつ早稲田がありありと想像され、そこに遊ぶ余裕が生まれる。ところが「わせの香に分け入る右は有そ海」といえば、そんな早稲田を思い浮かべている暇はない。早稲の田は電車の窓から眺めているかのように散文の流れに乗ってあっという間に後ろへ遠ざかってしまうだろう。

「や」という切れ字で「わせの香に分け入る右は有そ海」という散文を二つに切り意味の連

鎖を断ち切ることによって、早稲の香りを示す記号にすぎなかった「わせの香」という言葉が血も肉もある言葉に変わる。言葉の中身が意味からまさに風味へと変容しているわけである。字面は同じでも、「わせの香に」の「わせの香」と「わせの香や」の「わせの香」は異質な言葉なのである。

こうした切れは切れ字のあるなしにかかわらない。切れ字がなくても切れる句は切れる。

ほととぎす大竹藪をもる月夜　芭蕉

『おくのほそ道』の旅から二年後、芭蕉が嵯峨野にあった去来の落柿舎で一夏を過ごしたときの句である。今もそうだが、当時もこのあたりには美しい竹藪が広がっていた。

この句は、「ほととぎす鳴く大竹藪をもる月夜」というのとは明らかに異なる。「ほととぎす鳴く」といえば、「ほととぎす」という言葉は散文の一こまにすぎない。これに対して、「ほととぎす」で切れば、ホトトギスを表わす命ある言葉に生まれ変わる。この句には切れ字は使われていないが、「ほととぎすや」とするのと同じである。

この句を読むとたちまち脳裏に、ちらちらと月光のもれる大竹藪のどこかでホトトギスが鳴いている鬱蒼《うっそう》たる夜景が浮かび上がる。これは決して「ほととぎすが鳴く大きな竹藪から月の光がもれている」という散文的な説明を聞かされているのではない。ただ、「ほととぎす大竹藪をもる月夜」といっても「ほととぎす鳴く大竹藪をもる月夜」といっても、「ほととぎす」という言葉は見た目には同じであるから、この言葉の内部で生じている重大な変化を見過ごしてしまう。どちらも同じ「ほととぎす」じゃないかということになる。しかし、この二つの「ほととぎす」は火と水ほどにも異なる。散文が氾濫する世界にどっぷりとつかって暮らしている私たちがその違いに気がつかないだけのことである。

4

人間の脳には左半球と右半球があって左半球は理論を、右半球は感覚を司《つかさど》っているといわれる。この分業する左右の脳に対応して言葉にも左半球と右半球があるのではなかろうか。言葉の左半球とは言葉の意味であり、「花という言葉が花を指し示すようにものごとを指し示し説明する働きをする。一つ一つの言葉の意味はほかの言葉と論理的に結び合うことによってまとまった内容を表わす文章になる。さらにいくつもの文章が集まれば、もっと大きな思想や宇宙観を伝えることも可能になる。それに対して言葉の右半球とは言葉の風味であり、花という言葉が花を描き出すようにものごとをそのまま浮かび上がらせる働きをする。この言葉の意味を左脳が、言葉の風味を右脳が司っている。

そう考えると腑《ふ》に落ちることがいくつもある。

人間は言葉を使って話したり書いたりしているが、その場合、自分の考えを相手に伝え、相手の考えを知ろうとするわけであるから、言葉の意味の部分を使っているということになる。「わせの香に分け入る右は有そ海」「ほととぎす鳴く大竹藪をもる月夜」という場合の「わせの香」「ほととぎす」という言葉はどちらも意味を運ぶための器として使われている。

こうした言葉の意味の部分は人間が社会生活を営むのになくてはならないものである。もしも言葉の意味が通じなくなれば、社会は大混乱に陥るどころか存続さえできなくなることはバベルの塔の話を思い起こすまでもないだろう。

一方、言葉の風味の部分は必ずしも社会生活に必要であるとはいえない。それどころか、社会生活の中に不用意にもちこんだりすれば社会はかえって混乱する。会話は芝居のせりふのようにキザなものになり、文章は小鳥のさえずりのように通じなくなるだろう。言葉の風味の部分は論理以外のものをたくさん抱えこんでいて、これが社会生活にとって邪魔になる。そこで政治、経済、司法、新聞、テレビなどの世界では言葉から風味の部分を排除することによって達意の会話や文章が組み立てられる。これが散文である。

この散文と反対に言葉の風味で成り立つ世界がある。俳句や短歌や詩など、散文に対して韻文と呼ばれるものがそれである。韻文は言葉の論理性を超越して、しばしば無視して、ときには蹂躙《じゅうりん》して生まれてくる。つまり韻文とは無意味なものでありナンセンスなものであって、本来、社会生活にとっては何の役にも立たない。芭蕉があるとき「予が風雅は夏炉冬扇《かろとうせん》のごとし。衆《しゅう》にさかひて、用ふる所なし」（「許六《きょりく》離別の詞《ことば》」）ともらしたのも、この辺の消息を伝えている。

俳句は韻文の中で最も短いことから容易に想像できるように極端な韻文であって、言葉の意味を最小限に抑えて、その代わりに言葉の風味を最大限に生かそうとする形式である。そのために俳句には切れがある。切れによって俳句は散文の文脈を切り、言葉から意味を剝《は》ぎとって、文脈を首飾りであるとすれば首飾りの糸に相当する意味の連鎖を断ち切ろうとするのである。

人間が生活している世間は理屈でできているから、誰でもふだんは理屈の中にどっぷりと浸かって暮らしている。誰も理屈に支配される世間の外に別の自由な世界があろうなどとは考えてもみない。

初めて俳句を詠もうとする人がなかなかうまく詠めないのはこの世間の理屈から抜け出すことができないからである。また、すばらしい知性の持ち主がさて俳句を詠むとなるとたちまち金縛りにあったように言葉の自由を失ってしまったりするのも、その人がすぐれた知性の持ち主であるためにかえって理屈に縛られているということに気づかず、理屈を断ち切れないでいる場合がままある。

5

広告のコピーや新聞の見出しなども俳句に似ているという人がいる。たしかに使われる言葉の分量をみれば俳句に似ていなくもない。しかしながら、あらためて考えてみるとコピーも見出しも社会的に絶大な影響力をもっている言葉である。ということは、意味の言葉でできている、意味を操作している言葉であり、どちらも散文の一形態なのである。

「そうだ　京都、行こう」というJR東海の広告コピーがある。京都の寺院や庭の写真を大きく引き伸ばしたポスターの片隅に、白い字でこの文句が印刷してある。東京駅のコンコースや電車の車内広告で、まずしっとりとした写真に目が吸い寄せられるやいなや、「そうだ　京都、行こう」というこの文句がじわりと見えてくる。それは満員電車のような大都会で毎日もまれながら生活している誰かが心の中でそっとつぶやいたかのような静かな響きをもった言葉である。うまい殺し文句だなと思う。

あの文句を自分が心の中でつぶやいた言葉であるかのように勘違いして京都へ出かけてい

った人が何十万人も、ことによると何百万人もいるにちがいない。広告主のJR東海は東海道新幹線を運営している企業である。東京の人が「そうだ京都、行こう」と思えば、東海道新幹線の「のぞみ」か「ひかり」に乗るだろう。となると、広告主のJR東海には膨大な収入がもたらされる。これは本来、無意味であり社会的に何の影響力もない韻文ごときにできる技ではない。散文の力にほかならない。

新聞の記事やテレビのニュースなどで使われている言葉が意味を表わす言葉をつないだ散文であることはいうまでもないが、新聞の見出しもまた意味を表わす言葉である。むしろ見出しは記事よりもさらに純粋な意味の言葉である。ゆめゆめ俳句に似ているなどとは思わない方がいい。もしも見出しに言葉の風味などをもちこんだりすれば、翌日の朝刊からその新聞は無意味な見出しだらけになり、読者の怒りと失笑を買い、発行部数があっという間に落ちこんで社会的な影響力を失うこと、請け合いである。

6

ここで思い出すのは焼物の本か何かで見た唐津焼の小さな断片である。かつては大きな皿の一部分だったのだろう、しかしながら、今では掌を広げたくらいのほぼ四角の断片になってしまった。貫乳《かんにゅう》の細かく入った唐津特有の乳白の地に赤黒い鉄の釉薬《ゆうやく》で中空へ斜めに伸びる松の梢《こずえ》が描かれている。その鉄の細く伸びやかな描線がのどかである。失われてしまった全体図を想像すれば、空高く伸びる松が幾本か描かれていたにちがいない。唐津湾に沿って続く虹の松原の松を写したものだったかもしれない。そして、いつしか皿は破壊されて一つの断片だけが残された。

ところが、この断片を眺めていると渚《なぎさ》伝いに湾の果てまで続く松原やはるか彼方へと広がる霞《かすみ》の空が今でもありありと目に浮かんでくるし、松の梢をわたる松風の音や玄界灘《げんかいなだ》の荒波の轟《とどろ》きが鮮やかに聞こえてくる。それればかりか、仮に大皿が無傷のまま残されていたとして、そこに描かれた完全な絵をまのあたりにするよりも、この断片を前にして心の中に想い描く松原や空、空耳に聞く風や波の音の方がはるかにいきいきとしていると思われるのはどうしたことか。

皿も絵も破壊され一つの断片として残ることによって、皿に描かれていた完全な絵をはるかに超える絵を人々の心の中に得ることができたのではなかったか。たしかに完全な姿で残っていれば、実用にもなったであろうし値打ちも断片に数倍したにちがいない。その実用や値打ちを失うことによって、いいかえると無意味なものに成り果てることによって松の絵は完全な絵以上のものになった。存在そのものを賭けた、こうした命がけの逆説がこの世界ではしばしば起こる。

言葉もまた例外ではない。「わせの香や分け入る右は有そ海」「ほととぎす大竹籔をもる月夜」という句の「わせの香」「ほととぎす」も意味を切断され断片となることによって生かされた言葉なのである。

7

『宮本武蔵』の柳生の庄のくだりで柳生石舟斎が吉岡伝七郎のもとへ一輪の芍薬の花をお通に持たせてやる、その少し前に石舟斎が芍薬の花を壺にいけている場面がある。石舟斎は自分でいけた花を満足げに眺めながら、かたわらにいるお通に「わしがいけた花は生きているだろう」と語りかける。お通が「大殿さまはお茶もお花もお習いになったのでしょう」と尋ねると、石舟斎は笑いながら「花をいけるのも自分は剣道でいけるのだ」と応じる。

お通が驚いて「剣道で花が活けられるのですか」と問うと、石舟斎はこう答える。「生かるとも。花を生けるにも、気で生ける。指の先で曲げたり、花の首を縊《し》めたりはせんのじゃ。野に咲くすがたをもって来て、こう気をもって水へ投げ入れる。——だからまずこの通り、花は死んでいない」。

生け花は花を切る。花を殺すためにではなく、花を生かすために切る。

朝がほや一輪深き淵《ふち》の色　蕪村

千利休はある年、自分の屋敷の庭に朝顔の花をたくさん咲かせた。その噂《うわさ》を伝え聞いた太閤豊臣秀吉は朝顔の花見がてら利休の屋敷で茶の湯の会を開かせることにした。いよいよその当日、秀吉は朝早く起きて利休の屋敷を訪ねる。

ところが、屋敷の庭のどこにも朝顔の花は一輪も咲いていない。たしかに露地のあちらこちらの棚や垣根に朝顔の蔓がからまってはいるが、葉っぱが青々と茂っているばかりである。どうやら誰かが花を全部むしりとってしまったようである。

せっかく噂の朝顔を愛《め》でるためにこの天下人がわざわざ早起きまでしてやってきたというのに、朝顔の花をすべてむしりとってしまうとは、利休のヤツめ、何たる無礼、と思ったかどうか、この暴君は憮然《ぶぜん》として茶室に入った。手にした扇の骨をあからさまに鳴らしながら秀吉は正客の席に腰を落ち着ける。風炉をはさんで主の席では利休が一礼をして手前を始める。すでに炉の上では茶釜が松風のような湯のたぎる音を立て始めている。

ふと秀吉が右手の床の間を見やると、先ほど入ってきたときにはただ闇とばかり思っていた床の間の土壁に竹の花入が掛けてあり、その口から垂れ下がるひとすじの蔓の中ほどに今開いたばかりの藍色の朝顔が一輪、浮かび上がっているではないか。南蛮渡来の天鵞絨《ビロード》を思わせる花びらの上には朝露が載ったままほの暗い茶室の中でかすかに光を宿しはじめている。利休は一輪の朝顔を生かすために、ほかの朝顔の花をすべてむしりとった。その一輪を生かし、客をもてなすために、利休はほかの花を切らなければならなかったのである。

料理も俳句も剣術も生け花も、興味深いことに、どれも室町時代に誕生している。こうした文化のすべてが室町という時代を母胎にして生まれ、室町という時代の精神を共有している。柳生石舟斎がお通に「剣道で花を生ける」といえるのはそのためである。芭蕉が「西行の和歌における、宗祇《そうぎ》の連歌における、雪舟の絵における、利休が茶における、其貫道《そのかんどう》する物は一《いつ》なり」（『笈の小文』）と書き残すことができたのもそのためであるにちがいない。芭蕉がここにあげた人の中で西行だけは鎌倉時代の人であるが、ほかは宗祇も雪舟も利休もみな室町時代の申し子たちだった。

室町時代は思えば豪快な時代である。信長を生み、秀吉を生み、利休を生み、光悦《こうえつ》を生んだ。室町の人々は戦乱に明け暮れ、血で血を洗う殺戮《さつりく》を繰り返しながら、その一方で一輪の花、一つの言葉をどのようにして生かすかを真剣に考えていた人々だった。この幅広さがそのままこの時代の豊饒《ほうじょう》である。俳句はその室町の血を受け継いでいる。

第三章　取り合わせ

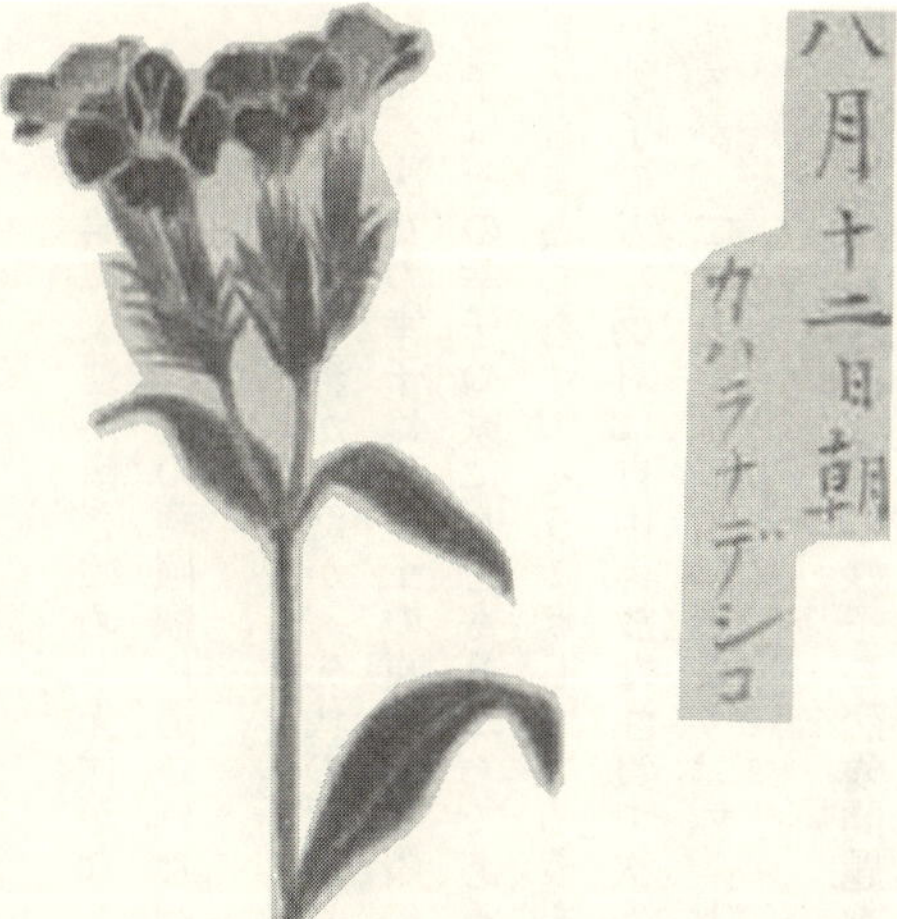

1

蒔岡《まきおか》家は江戸時代から続く大阪船場の老舗であったが次第に家運が傾き始め、先代がなくなると船場の店も人手に渡ってしまった。谷崎潤一郎《たにざきじゅんいちろう》の『細雪《ささめゆき》』はその蒔岡家に遺《のこ》された四人姉妹の物語である。

先代は長女の鶴子にさる銀行家の息子辰雄を婿養子にして跡を継がせたが、先代の死後、辰雄は店を手放して今はもとの銀行員に収まっている。次女の幸子《さちこ》は税理士の貞之助を婿に迎えて芦屋に分家している。三女の雪子と四女の妙子はその幸子の家に身を寄せがちである。雪子ははにかみ屋のせいか縁遠くて何回見合いをしてもまとまらず、そうこうしているうちに婚期を過ぎてしまい、三十になっている。末娘の妙子の方は反対に自由奔放な性質で次々に男性問題を引き起こす。こちらは二十四、五であるが、二人とも本当の年齢よりは六、七歳も若くみられる。

谷崎はなかなか運ばない雪子の縁談といつも周囲をはらはらさせている妙子の恋愛問題を二つの軸にし、阪神間を舞台にして繰り広げられる姉妹たちの生活をつづることによって、解体してゆくある旧家の肖像を描いた。それだけでなく、燃え尽きる直前にいちだんと明るさを増す彗星《すいせい》のように華やかに輝きながら滅び去ろうとする一つの文化の姿を浮かびあがらせた。

物語の始まりは昭和十一年（一九三六年）秋。この年、二・二六事件が起こり、翌十二年七月には日中戦争が始まった。そして、物語が終わるのは十六年春。いうまでもなくこの年十二月には太平洋戦争が始まる。こうして四年半に及ぶ四人姉妹の物語の外側は戦争へと向かって流れてゆく時間にひたひたと洗われている。

大正十二年（一九二三年）九月一日昼、谷崎は箱根の山道を進むバスに乗っていて関東を襲った大地震に遭遇した。箱根から東京方面へ向かう鉄道や道路が途絶したために夫人と幼い娘を残していた横浜へ戻ることができず、いったん汽車で大阪まで行き、神戸から船で横浜へという大変な迂回《うかい》路をとって妻子ともどもふたたび船で神戸へ逃れたのが九月二十日。やがて一家はひとまず京都市中の借家に落ち着いた。

大震災で壊滅した関東から関西への転居は谷崎に重大な転機をもたらす関西時代の始まりであり、初めはほんの一時の避難のつもりであったらしいが、ついに太平洋戦争のあとまで三十年以上も続くことになる。

この関西在住の間、谷崎は京都と阪神間で幾度も居を替え、二回離婚し二回結婚した。昭和二年（一九二七年）、谷崎の運命の女性であり最後の夫人となる松子と出会い、昭和十年に正式に結婚する。松子夫人は大阪で代々造船業を営んできた一族の次女に生まれ、谷崎と出会ったときはすでに大阪の豪商根津清太郎の妻であった。

松子夫人との結婚から七年後、太平洋戦争が始まった翌年の昭和十七年（一九四二年）、谷崎は熱海の別荘で松子夫人の四姉妹をモデルにして『細雪』の稿を起こす。そのとき、谷崎はこの戦争によって一つの文化が滅ぶことを明瞭《めいりょう》に予感していたにちがいない。その文化とは早い話が幸子や雪子や妙子のような本当の奥さんやお嬢さん、大阪言葉でいうところのご寮人《りょん》さんや娘《いと》はんがいる世界のことである。たしかに敗戦後も、そして今でも奥さんと呼ばれ、お嬢さんと呼ばれる女性たちはいる。しかし、奥さん、お嬢さんという言葉が民主化したためにそう呼ばれているだけのことであって、本当の奥さんやお嬢さんという人種は実はあの戦争で絶滅してしまった。

真っ赤な口を開けた巨大な焼却炉に呑みこまれて滅びようとしている、蒔岡姉妹という姿を借りて地上に現われた世界への愛惜こそが谷崎に『細雪』を書かせたにちがいない。

2

紅梅や妻を離《さか》れる三千里　櫂

ただあてどなく広々と開けた関東から阪神間に移ってきた人がまずもの珍しく思うのは、この土地の景観だろう。屏風《びょうぶ》を立てたような六甲山系の山並と海との間に狭い平地が細長く続いていて、それが大阪から神戸へ向かう廻廊のようにみえる。この廻廊に沿って西宮、芦屋、御影などという地上で最も美しい町のいくつかが並んでいる。

夕立の通り過ぎた夏の午後、海寄りを走る阪神電車に乗ってこの辺を通りかかり、六甲の山裾《やますそ》から段々に連なる傾斜地の緑の樹木や古い洋館の三角屋根や斬新なビルがにわか雨のあとの晴れやかな陽射しを浴びて照り映えているのを眺めれば、誰でもここが東京や横浜とはまったく別の天地であることをしみじみと実感するだろう。それは自然が与えた土地を人がみずからの手中に収めて丹念にこしらえた雛壇《ひなだん》であり、箱庭である。ここに比べれば、関東の町はどれも今でも火山灰の積もった荒野に放り出され、吹きさらされている感じがする。

平成七年（一九九五年）一月十七日早朝に阪神地方を襲った大地震の翌年一月から一年間、単身、大阪へ転勤することになったのには社内の順番ということのほかにいくつか理由がある。私の俳句の先生である飴山實《あめやまみのる》がちょうどその時期、関西大学生物工学科の教授として大阪吹田の千里丘陵に居を構えていたこともその一つであるが、何よりも大きな理由は谷崎が人生の三分の一を過ごし、文学のまた人生の上での成熟へと向かう転換点を迎えた京阪神の地で、谷崎がそこで書き、そこを舞台とした『蘆刈《あしかり》』『吉野葛《よしのくず》』『細雪』などの傑作の数々を読みたかったからである。

社内での転勤であるから谷崎が関東大震災を逃れて関西へ移住したこととはずいぶん事情は異なるけれども、大震災の直後の関西へ赴任することは私には何かの符合と思われた。はたからみると愚かであろうと些細《ささい》なことであろうと人間の行動の立派な理由になる。

住居は『細雪』の舞台である芦屋に見つけた。JR芦屋駅南口を出てすぐの国道沿いにある塔のようなマンションの一室である。世話をした人の話では揺れの激しかったこの辺では珍しく壊れずに残ったビルの一つということだった。大震災からすでに一年が過ぎていたが、市内のいたるところに倒壊したビルの瓦礫《がれき》や家屋の残骸《ざんがい》が途方に暮れているかのように放置されていたし、芦屋公園のテニスコートには幾棟もの白いプレハブの仮設住宅が松林に囲まれてひっそりと並んでいた。

家壊《く》えて仮の一間の青簾《あおすだれ》　櫂

しかし、芦屋の町には大震災のはるか昔の谷崎や『細雪』の名残《なごり》がまだいたるところに残っていた。幸子の家は芦屋川の西、山手を通る阪急電車の芦屋川駅近くにあることになっているが、その芦屋川駅のそばには姉妹のかかりつけの櫛田医院として書かれている重信医院の洋館が今もあった。マンションの近くの、芦屋川にかかる業平橋は小説にも描かれた昭和十三年（一九三八年）の山津波で流されそうになった橋である。さらに芦屋川をくだると、幸子と貞之助の娘の悦子が通った精道《せいどう》小学校があった。

谷崎の『猫と庄造と二人のをんな』には、阪神沿線の町では毎朝、前の海でとれた小鰺《あじ》や鰯を「とれとれの鰺」「とれとれの鰯」と呼びながら売りにくることが書いてあるが、松林の続いていたそのころの砂浜はいつの間にか頑丈なコンクリートの防波堤におおわれ、さらにその後、海も埋め立てられて今ではマンション群が建ち並んでいる。かつて波風に吹きさらされていたコンクリートの防波堤が海の記憶をとどめるかのように古い陸地と新しい埋立地の間に埋まっている。その防波堤のすぐ内側の一角に谷崎潤一郎記念館があった。毎週のように自転車で行っては受付で谷崎の文庫本を一冊買って帰ってきては読む。読み終わるとまた自転車に乗って買いにゆく独身者のように気楽な生活が一年間、続いた。

3

芦屋から阪神電車で西へ三つ目の魚崎駅の近くには谷崎が松子夫人と住んだ倚松庵《いしょうあん》が保存

されている。谷崎は松子夫人と結婚した翌年の昭和十一年（一九三六年）十一月、当時は隣の住吉にあったこの家に移り、十八年十月に魚崎の別の家に越すまで七年間、この家に住んだ。引っ越しを繰り返した谷崎にしては長く住んだ家である。

松に倚《よ》る庵、倚松庵とはもともと、この家に移る何年も前、まだ松子夫人と熱烈な恋愛中であった谷崎が名乗った自分自身の号であるが、それは、

けふよりはまつのこかげをただたのむみはしたくさのよもぎなりけり　谷崎潤一郎

という一首の歌によっている。「まつ」とはいうまでもなく松子夫人のことである。谷崎はこの歌のとおり、やっと掌中に収めた理想の女性の権化と崇《あが》める松子夫人にかしずきながらこの家で七年という歳月を送った。

その渦中の昭和十七年（一九四二年）、谷崎が熱海の別荘で『細雪』の筆をとったとき、幸子たち姉妹の暮らす阪急芦屋川駅の近くの家がこの倚松庵をそのまま写して書かれることになったのは当然のなりゆきだろう。

大風に揺るる二階や柿若葉　櫂

柱も細く板も薄く、ずいぶん華奢《きやしや》な二階家である。『細雪』を読んで芦屋の豪邸を想い描いて訪ねてきた人はこれがあの家かと驚くはずである。私などが二階の畳の上を歩むと、それだけで家全体が揺れ動いて今にも壊れてしまいそうであるから思わず忍び足になる。一階に五間と二階に三間あるが一間一間の造りがどれも小ぢんまりとしていて、ここに谷崎夫妻と娘と二人の妹、それに女中が一人か二人、計六、七人で暮らしていたと思うと、お世辞にも広いとはいえない。生きた人形たちがおもちゃの家で暮らしているようなものだったろう。ま、借家であるから仕方あるまい。

『細雪』に描かれた芦屋の家の面影は倚松庵の隅々に残っていて、幸子の鏡台が置かれていた二階の畳の間も、雪子が白い脛《すね》を裾からのぞかせて足の爪を切っていた縁側も、山村舞の会で妙子が「雪」を舞った洋間も、あれから日本は戦争に負け、阪神大震災さえあったというのに、流れた長い時間の方が夢であったというかのようである。ガラス戸や障子を開け放ち、浅い庇《ひさし》を潜って庭の明るい光が差しこんでいる誰もいないはずの部屋に足を踏み入れたとき、たった今までその部屋に幸子や雪子や妙子がいてたわいない話でもしていたのに人の足音に驚いてさっと姿を隠したような、姉妹たちの楽しげな声のさざめきが部屋の中に消え残っているような気配をたしかに感じたのである。

4

『細雪』は昭和十八年（一九四三年）一月から、雑誌『中央公論』で連載が始まった。一回目が載った新年号が発売されると丸ビルの本屋では長い行列ができたという。二回目は三月号に掲載。ところがここにきて、陸軍報道部から掲載中止を命じられる。このため、三回目が載るはずだった六月号には自粛という形で掲載を今後中止する旨の断りが載った。

日本海軍は『細雪』の連載が始まった前年の十七年六月、ミッドウェー島沖でアメリカ海軍に大敗北を喫し、戦局は日本の敗戦へ向かって傾き始めていた。その年六月には日本文学報国会が結成され、文学者も戦争に協力することが迫られていた。そんな国家の重大時に有閑婦人たちの縁談や恋愛の話などけしからんというわけである。

弾圧を受けながら、その後も谷崎は『細雪』を書き続ける。そして、十九年七月、上巻二百部を私家版として刷り、友人知人たちに配った。ところが、この私家版に対しても警察の圧力がかかり、その年暮れに書きあがった中巻の出版も中止。翌二十年五月、一家は本土決戦ともなればアメリカ軍が上陸してくるおそれのある熱海の別荘を引き払って岡山県津山さらに勝山へと疎開する。八月六日、魚崎の自宅が空襲で焼けた。

この愚かな戦争の間、谷崎は戦争に協力することなく、かといって声高に戦争反対を唱えることもなく、弾圧に耐えながら熱海の別荘にこもり、また勝山の疎開先にこもって蒔岡家の姉妹の姿に託して最愛の松子夫人の物語を紡ぎ続けた。戦争に抵抗する文学者の姿としてこれ以上のものがあるだろうか。自分の欲望に忠実に仕事を続けることこそが戦争への何にもまさる抵抗なのである。

『細雪』は抵抗の文学であり、ひいては反戦の文学でもあった。戦火が迫れば迫るほど、また弾圧が強まれば強まるほど、心の中の埋み火のような蒔岡姉妹の世界に恍惚《こうこつ》として稿をつづる谷崎の顔が思い浮かぶ。

5

『細雪』三巻が次々に世に出た敗戦直後の日本人なら、そこに書かれている物語が実は自分たちも今し方までその渦中にあった戦争のただ中のできごとであり、谷崎という一人の作家の胸中に守られて戦火を生き延びてきた世界であることをただちに了解したにちがいない。しかし、戦争が遠のき、平和な時代が長く続くにつれて、この物語は平和に馴《な》れた人々の心にはややもすると有閑婦人たちのたわごとと映るようになる。

『細雪』の映画を観るたびに私は深い失望にとらわれる。贅沢《ぜいたく》な衣装を身に着けた女盛りから少女のような年代までの美貌《びぼう》の女優たちが繰り広げる蒔岡家の世界はたしかに美しい。しかし、それはただ美しいだけのことであり、まるで着物の展示場か美人コンテストの会場に迷いこんだかのようである。『細雪』を映画にするとなると、いつもこう美しさだけを競い合う映画ができあがってしまうのは原作の華やかな部分のみを抜き出して映像化しようとするからではなかろうか。

『細雪』は決して美しいだけの物語ではない。それは人間というものが決して美しいだけの生きものではないからである。幸子の流産の経過は猫のお産と平行してなまなましく描かれるし、何しろこの長い物語の最後は雪子の下痢の話で終わっているとおり、谷崎はこの物語がただ美しいだけの話で終わらないようにいくつもの異物をまぎれこませておくことを怠らなかった。

それに加え、谷崎は盧溝橋《ろこうきょう》の爆破やドイツのポーランド侵攻という戦争にかかわる事件やエピソードを物語の随所に織りこんだ。ところが、映画となると平安神宮の花見や芦屋の家での舞の会のもようはたっぷりと描かれるのに戦争の話はあまり出てこない。まるで太平の時代のできごとのようである。これでは弾圧に耐えながら書き続けたこの物語にこめた谷崎の思いはまったく伝わらないといわねばならない。

『細雪』を映画にするなら、まず敗戦間近な昭和二十年（一九四五年）五月、熱海の別荘を捨てて汽車で東海道を西へ向かう谷崎一家の姿から映し始める。汽車は一家と同じようにどこかへ疎開する人々で大変な混みようで、一家はデッキにやっと乗りこむ。谷崎は出版のあてもないまま書きつづっている『細雪』の原稿の入った鞄に松子夫人をかけさせ、自分は床にしゃがみこんだまま汽車に揺られてゆく。

その谷崎の脳裏に松子夫人との魚崎の家での暮らしや花見や蛍狩の思い出が蒔岡姉妹の姿を借りてよみがえる。松子夫人と幸子、谷崎と貞之助は一人の女優と一人の俳優が演じることになるだろう。数日かかってたどり着く魚崎の自宅、岡山の疎開先での暮らし、空襲による自宅の焼失。『細雪』への官憲の干渉のいきさつも忘れずに入れておこう。戦火と弾圧に追われる谷崎一家を描きながら、『細雪』に描かれた松子夫人との懐しい思い出の数々をちりばめてゆく。

『細雪』を映画にするなら、戦争と弾圧を描かなければならない。そうして初めて『細雪』はただのきれいごとではなく、谷崎がこの物語にこめた命を得てよみがえる。

夢は現実の中で見られるからこそ夢なのである。

6

石田波郷《はきょう》は昭和二十年（一九四五年）八月のお盆の昼、疎開していた埼玉の農家の庭先でラジオからもれる昭和天皇の声を聞いた。初めて聞く天皇の声はよく聴きとれなかったが、ともかく戦争は終わったらしかった。

その二年前の十八年秋、波郷は召集されて中国北部に渡ったが、そこでのちに結核となる胸の病気が発病したために二十年一月、日本に送還された。翌二十一年一月、疎開先の埼玉から妻と二歳の長男を連れて上京し、ひとまず下町の葛西《かさい》の、空襲で焼け残った妻の兄の家の二階に落ち着いた。東京の下町一帯は大空襲で焼野が原となっていた。

細雪妻に言葉を待たれをり　　石田波郷

細雪とは細かく降りしきる雪である。妻と幼な子を連れて東京へ出てはきたものの家もなければ仕事もなく胸の病気も芳しくない。人の家の二階にいて窓の外の音もなく降りしきる雪を眺めながら、そばにいる妻に何か話しかけようと思うのだが言葉が見つからない。親子三人、焼野が原となった東京でどうやって生きていけばいいのか。妻も私と同じように、いつやむともなく降り続ける雪をただぼんやりと眺めているようにみえるけれども、私から口を切るのを待っているにちがいない。私たちはこれからどうして生きていくのですか。

「妻に言葉を待たれをり」。波郷は妻と二人、降りしきる雪を黙って見つめている今というこの瞬間、自分の胸を領しているたった一つのこと、早く妻に何か言ってやらなければならないという切羽詰った一事だけを取り出して一句にした。戦争も病気のことも、焼野が原の東京で親子三人、家も仕事もなく人の家の二階に仮住まいしていることも、ここにいたるまでのすべての事情は言葉の背後に潜んでいればよかった。そして、ただ一つその言葉に配したのは音もなくひたすらに降りしきる「細雪」だった。

波郷は追い詰められた自分たち親子の暮らしの中から「妻に言葉を待たれをり」という一事を切り出し、一方、自分たちを包む自然界から「細雪」を切り出し、その二つを並べて一句とした。こうして「細雪」と「妻に言葉を待たれをり」という言葉は互いの間に深々とした沈黙を宿すことになる。さながら波郷と妻を包んでいた沈黙が二つの言葉の間に乗り移ったかのようである。このときの波郷の手ぎわはもの音一つ立てぬほど静かであるが、驚くべき力技である。練達と気迫がなければこうはいかない。

俳句は言葉を生かすために切る。しかしながら、ただ切っただけでは俳句にならない。切りっ放しにしただけでは、言葉の持ち味がまだ十分に生かせていないからである。そこで一句にしようとするなら別の異質な言葉と取り合わせる必要がある。言葉は別の言葉と出会い、互いに照らし合うことによって初めてその味わいを存分に生かすことができる。

「細雪」という言葉はこれだけでは自然界から切り出してきた原石にすぎない。この言葉からは細かく降りしきる雪が浮かび上がるだけである。ところが、この「細雪」が「妻に言葉を待たれをり」という言葉と出会うと、「細雪」は互いに黙《もだ》したまま相手の言葉を待っている夫と妻のまわりに降りしきる雪となり、二人の心の中を過ぎてゆく長い沈黙と時間そのものとなる。

「妻に言葉を待たれをり」という言葉についても同じことが起こる。この言葉単独ではただ妻に言葉を待たれているというだけで、どういう場面かも定かでない。それが「細雪」という言葉と出会うことによって、夫と妻の抜き差しならぬ切実な場面が浮かび上がり、掌の上で脈打っているかのような痛みをもつ命ある言葉に生まれ変わる。

こうした言葉の取り合わせが何に似ているかといえば、音楽の和音ほど似ているものはないだろう。単独の音のままでは単調な音にすぎないが、それが二つ三つ同時に奏でられることによって妙なる音色となる。この世界には和音によってしか表わせない音があるように、ものともの、言葉と言葉の取り合わせによってしか伝えられないものがある。

一家《ひとつや》に遊女も寝たり萩と月　　芭蕉

芭蕉は『おくのほそ道』の旅の途中、越後市振《いちぶり》の宿で新潟からお伊勢参りに向かうという二人の遊女と部屋を隣り合わせる。この句の「一家に遊女も寝たり」はこれだけでは同じ宿に遊女も寝ているというのにすぎない。「萩と月」もまた萩の花が咲き、月が出ているというだけのことである。

ところが、この二つが合わさると、つやつやとしてあわれな情景が出現するから不思議である。「一家に遊女も寝たり」と「萩と月」が互いに照らし合って、遊女と泊まり合わせた宿が萩の花に包まれて月の光を浴びているようでもあり、遊女が萩と月のようでも、萩と月が遊女の呼び名のようでもある。二つの言葉は命あるものででもあるかのように互いに照らし合いながらさまざまに姿を変える。

波郷や芭蕉のこのような句を並べて眺めていると、つくづく俳句は個々の言葉に語らせるというよりは言葉と言葉の関係に語らせる文芸であると思う。たしかに十七音で使える言葉の量は微々たるものであるが、言葉と言葉の関係となるとまさに千変万化といってもいい。むしろ言葉の量が制約されていればこそ、かえって言葉と言葉との関係が際立つ。芭蕉が

「発句は畢竟《ひっきょう》取合物とおもひ侍《はべ》るべし」(『俳諧問答』許六「自得発明弁」)といったというのは、きっとこの辺のことを伝えようとしたのにちがいない。

谷崎の『細雪』を映画にするならぜひとも戦火と弾圧に耐えて物語を書き続ける谷崎自身を描写し、その合間合間に『細雪』の物語をはさんで欲しいと思うのはこれと同じ理由による。『細雪』の物語は戦争と取り合わせて初めていきいきとよみがえる。夢が現実と出会う能の舞台のように、過酷な戦争のただ中に投げ出してこそ夕映えのようにあかあかと照り映えるにちがいないからである。

7

このところ、上野から足が遠のいているうちに東京国立博物館の脇にあった旧国会図書館上野図書館の古い建物が国際子ども図書館として生まれ変わっていることを、先日、東京ステーションギャラリーで開かれていた安藤忠雄《あんどうただお》展に行って初めて知った。東京駅の駅舎の一画を改装した展示場内は建築科の学生らしい若者たちで静かににぎわっていた。

旧国会図書館上野図書館は明治三十九年(一九〇六年)というから今から百年ほど昔に帝国図書館として建てられた洋風三階建ての荘重な建築である。初めは中庭を囲んでロの字型にする計画だったらしいが、今も残っている南東の側廊を建てただけで建設が中止された。そのため、この建物には妙なことに玄関がなかった。

　そこで安藤氏は、この老朽化した建物に直方体のガラス張りの廻廊を二つとりつけた。まず一階部分にはガラスの廻廊を斜めに貫通させた。このガラスの通路は建物が完成してから百年後にようやく設けられた、失われていた玄関でありホールであるばかりでなく、明るい外の光を建物の奥深くまで導く光の道でもある。もう一つの廻廊は空中に突き出したバルコニーのように建物の裏側三階部分に沿って張り出させた。

　できあがった建物を遠くから眺めると、二本の光の棒が一本は地上で建物に斜めから差しこんで通り抜け、もう一本は空中で建物の屋根をかすめているようにみえる。上野の山が新緑に包まれるころには、この二本の光の棒はあたりの樹木の緑に染まり、建物の上と下とで緑の光線が交叉《こうさ》しているようにみえるにちがいない。

　この建物を再生しようとなったとき、私のような素人なら傷んだ壁や床や窓を直したり屋根や柱や土台を補強したりしてできるだけ百年前の竣工《しゆんこう》時の姿に近づけようとするだろう。さもなければ、全部壊して建て替える。ところが、安藤氏は大胆にもガラスの廻廊を古い建物の一階に交叉させ、屋根に沿って空中に浮かべた。

　くすんだ石と透明なガラス、重厚さと軽快さ、装飾と簡素。一方がこの建物ができてから経てきた百年という時間、あるいは太古から石に堆積してきた時間そのものであるとすれば、一方は降りそそぐ時間の堆積を拒む透明な無邪気、樹木や風や光の間に溶けこんで隠れていようとする逸脱の夢だろう。古い建物にガラスの廻廊を組み合わせることによって、おそらく建築家はこの一つの建築物の上で異なる二つの時間を交叉させたのである。

古めかしい建物であればこそ新しいガラスの廻廊を取り合わせる。それもただガラスの廻廊を建物と並べるというような生半可なやり方ではなく、光の棒が建物の奥まで食い入るように建物を貫かせ、あるいはかすめさせた。破壊と紙一重のこの荒業《あらわざ》によって、古色を帯びた帝国図書館は斬新な国際子ども図書館として生まれ変わった。

もしこれが昔の建物のままであったら、また、ガラスの廻廊だけであっても、古い退屈な時間と新しい退屈な時間が無関係に流れていただけだろう。二つを取り合わせることによって思いも寄らない新しい光景が上野の森に出現した。

東京ステーションギャラリーの展覧会場には上野の国際子ども図書館と同じ手法を使ったもう一つの例が展示されていた。ニューヨークの高層ビルに住居とゲストハウスを内蔵したペントハウスを増設する計画である。

安藤氏はこの偏平なビルの屋上の長い一辺に沿ってガラス張りの細長い直方体の箱を載せ、五階ほど下の階でもう一つのガラスの箱をビルに斜めに差しこんで貫通させる。これが完成すれば、国際子ども図書館に組みこまれたガラスの構造物が今度は摩天楼の林立するマンハッタンの上空に姿を現わすことになる。

それはマンハッタンの上空を飛び交う光が高層ビルの一つを突き抜けたように見えるだろう。ガラスの箱は摩天楼の林の梢にかけられたささやかなガラスの巣箱のように見えるにちがいない。

第四章　面影

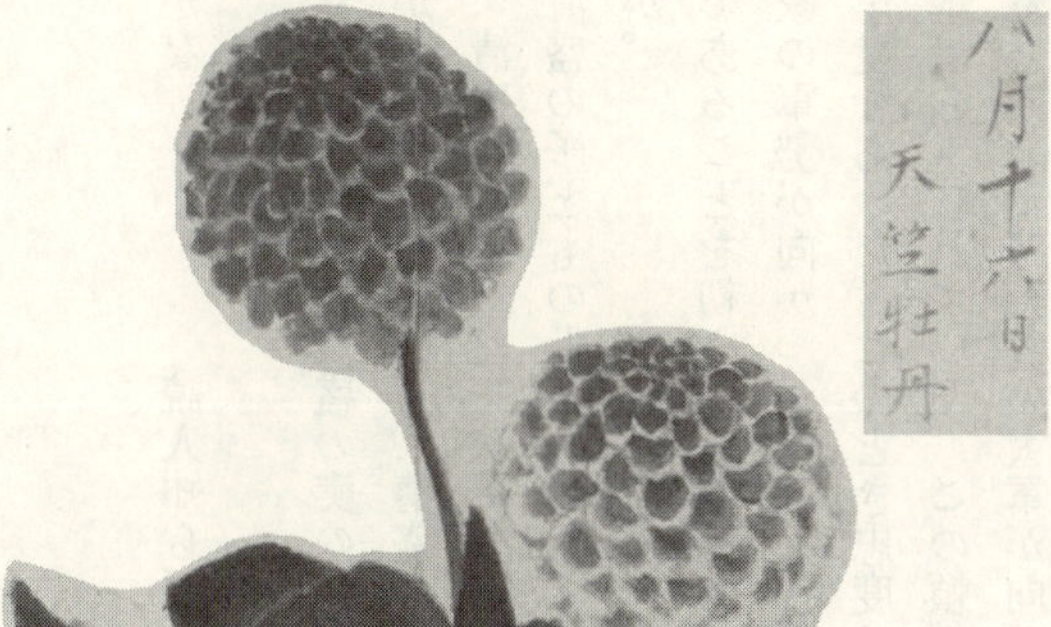

1

さざ波や志賀の都は荒れにしをむかしながらの山ざくらかな

読人知らず

薩摩守平忠度《ただのり》は忠盛《ただもり》の息子にして清盛《きよもり》の異母弟である。ただ外伝のとおり清盛の実の父が白河法皇であるとすれば異母弟ですらないということになるが、それはさておき、清盛の弟とはいっても二十六も年下で親子ほど年が離れているうえに、清盛の長男重盛《しげもり》や次男基盛《もともり》よりも七つも六つも年が若い。平家一門のうちにあって重盛ら清盛の子どもの世代には叔父というよりは従兄弟、もしくは兄弟同然の人ではなかったろうか。

忠度はその血統と年代から清盛直系の子たちのよき補佐役であることを初めから期待されていた。東国で挙兵した源頼朝《よりとも》を鎮圧しようと三万余騎の平家の軍勢が向かった際、大将軍はなき重盛の長男で弱冠二十三歳の維盛《これもり》、そして、副将軍が忠度であった。このとき忠度は三十六歳である。維盛は重盛が前年、急死したあと清盛の後継者とみられていた。この頼朝討伐から二年後、今度は北陸道を攻め上る木曾《きそ》義仲《よしなか》軍を迎え撃とうと十万余騎の大軍が向かったときも忠度は副将軍であった。

しかしながら忠度という人が一人の武人として、まして大軍勢の指揮官としてすぐれていたかとなると大いに疑問がある。頼朝追討の際は出で立ちこそ「紺地の錦の直垂《ひたたれ》に、黒糸縅《くろいとおどし》の鎧《よろい》着て、黒き馬の太うたくましきに、沃懸地《いかけじ》の鞍置いて乗り給へり」という目覚しいものであったが、日ごろ、通い慣れた女とひそかに歌など詠み交わしてしばしの別れを惜しんだりしている。その別れの惜しみ方にこの人らしい、ありていにいえば武人としての弱みが浮かび上がっているように思う。

別れ路を何か嘆かん越えて行く関もむかしの跡と思へば　平　忠度

「関もむかしの跡」とは二百五十年も昔、平将門《まさかど》を討つために関東へ下った先祖の平貞盛《さだもり》に自分をなぞらえているのである。今生の別れとなるやもしれぬ女の身の上を気づかうというのでもなく、いにしえの貞盛公さながら戦へ向かう自分自身の悲壮な姿に陶然としているという歌だろう。その晴れがましさを思えば、あなたとの別れは嘆くに及ばない、むしろ喜ぶべきことだというのが「別れ路を何か嘆かん」である。こうして女を振り切って戦場へ赴こうとしている自分自身に感動している。

この優に優しき人に戦場での活躍など期待する方が愚かというものである。都をたっておよそ一か月後、富士川をはさんで源氏の軍勢と向かい合ったまま迎えたある日の明け方、いっせいに飛びたつ水鳥の羽音に驚いて命からがら都へ逃げ帰った敗残兵たちの中に忠度の姿もあった。

義仲追討の際には大将軍維盛の本隊は北陸道を先に進んでいるというのに、副将軍忠度たちは琵琶《びわ》湖の北に留まってなかなか動こうとしない。副将軍の一人は湖に舟を出して竹生島《ちくぶ》に詣で、弁財天のために琵琶を奏でたりしている。この戦でも平家軍は数の上では圧倒していたにもかかわらず、義仲軍に散々に蹴散らされてまたもや都へ逃げ帰る。

忠度の本領は野蛮な戦ではなく初めから優しき歌にあった。父の忠盛はすぐれた武将であり、すぐれた武人らしくへたな歌を残しているが、その父に芽生えた歌の素質が息子の身を借りて花開いたということだろう。文武両道などというが、この二つがそうたやすく手に入るわけはなく、武人はまず武に励むべきである。まちがっても歌などに手を出さないことであり、歌を詠むならへたがよい。へたなところに武将らしい味わいがでる。なまじ忠度のように歌の上手が武人であったりすれば迷惑をこうむる人がでてくる。

さて、北陸道で平家軍を打ち負かし、地鳴りのように都へと近づく義仲の軍勢におびえて、平家の人々はいっせいに都を落ちてゆく。そのとき、忠度はいったん都を離れながら供まわりの者をひき連れて敵軍の迫る洛中へ引き返し、藤原俊成《しゅんぜい》の屋敷の門を叩いた。大歌人俊成はこのとき七十歳近い老人である。忠度はかつてこの人について歌を学んだ。

俊成との対面を許された忠度は鎧の下から自選の歌百首をしたためておいた巻物を取り出すと、「このゝち世静まつて、撰集の御沙汰候はば、これに候ふ巻物の中に、さりぬべき歌候はば、一首なりとも御恩を蒙《こうむ》つて、草の陰にても嬉しと存じ候はば、遠き御守《おんまもり》とこそなり参らせ候はんずれ」と心のうちを明かしつつ巻物を俊成に奉るとふたたび都を落ちていった。忠度はその後、二度と都に帰ることはなかった。

これまで詠んできた歌が自分の死によってこの世界から忘れ去られ、消え失せてしまうとすれば死んでも死にきれない。その中のたとえ一首であっても死後に残したい。それがかなうならこの世に何の未練も残さずに死ねる。そこで忠度は自分と供まわりの者たちの身を危険にさらしてまでも都へ引き返して、師であり歌壇の大立者である俊成にすがった。

『平家物語』の作者は命を顧みず都へ引き返した忠度の歌への執心をあわれと観じ、美談として物語の中に書き入れた。この歌への執心が後々まで尾を引くことになる。

実はこのときすでに後白河法皇から俊成に対して和歌集編纂《へんさん》を命じる院宣がくだっていた。俊成は新しい勅撰《ちよくせん》和歌集に入れる歌を選んでいる最中に忠度から百首の歌を託されたことになる。

さてどうしたものかと俊成は思案をめぐらせる。忠度から預かった巻物にはさすがにいい歌がいくらもあるが、今や朝敵となり果てた平家の公達《きんだち》の歌を勅撰集に入れるのは何ともはばかられる。かといってこのまま闇に葬り去るのは惜しい。一首なりとも拾うとしても、やはり名を出すわけにはゆかない。「巻物の中に、さりぬべき歌幾らもありけれども、その身勅勘《ちよくかん》の人なれば、名字をば顕《あら》はされず」というわけで、俊成は巻物の歌の中から「さざ波や志賀の都は」という山桜の歌を拾い、読人知らず、すなわち作者不明の歌として入集する。

やがて四年の月日を経て『千載《せんざい》和歌集』が完成したとき、忠度はすでに一の谷で討ち死にし、平家は壇《だん》ノ浦に滅んでいた。

2

忠度の山桜の歌が『千載集』に読人知らずとして入集したことについて、『平家』の作者は「その身朝敵となりぬる上は、子細に及ばずと云ひながら、恨《うら》めしかりし事どもなり」と書いている。一首入集の願いはかなえられたものの、名が明らかにされなかったのは忠度にとって痛恨の一事であったというのである。

それから二百年ののち、世阿弥《ぜあみ》は『平家』の作者が書きつけた忠度の恨みをとらえて名曲『忠度』を書き上げる。『平家』好きの世阿弥がこの一級の題材を見逃すはずもない。

場所は忠度が討ち死にした須磨《すま》の浦、時は一の谷の合戦から二十年あまりの歳月が流れたある年の春、源平合戦の傷跡がようやく忘れられようとしている時期という設定である。俊成もはやこの世になく、その家に仕えていたある男が主の菩提を弔うために僧形となり西国行脚の旅に出た。須磨の浦にさしかかると、磯辺の一本の桜が今を盛りと咲き誇っている。日が暮れてきたので桜の木に手向けする潮汲みの老人に宿を乞うと、老人は「や、この花の蔭ほどのお宿の候べきか」と応じて、

行き暮れて木《こ》の下蔭を宿とせば花や今宵の主ならまし　平　忠度

この忠度の歌を唱え、この桜はここで討たれた忠度を葬った跡に植えた桜であることを明かす。その老人は僧の回向の声を聞くと喜びの気色を残して夕闇に消える。

忠度を葬った跡に植えた桜ということは、樹齢二十年あまりの木である。若木の桜と呼ばれていることをうかがわせるくだりもある。二十年もたてばもはや若木でもないだろうが、植えられてすぐ若木の桜と呼ばれていた、その呼び名が忘れられてしまうほど時がたったわけではない。二十年とはそうした時間である。

源平の争乱の最中、西国一帯は二年続きの大飢饉に襲われた。酸鼻をきわめた都の惨状は

鴨長明が『方丈記』に記しているとおりである。兵士たちが海で戦っているとき、陸は荒れ果てて見る影もなく疲弊していた。源平の合戦は餓鬼草紙のただ中で戦われた。桜の木は西国全土を襲った戦と飢饉から流れた時間そのものであり、薄れてゆく記憶そのものでもあるだろう。

さて、その夜、潮汲みの老人の教えたとおり僧が花の下で仮寝をしていると、夢の中に忠度の亡霊が現われて、自分の歌が一首、『千載集』に入れられたのはありがたいことであるが、「勅勘の身の悲しさは、読人知らずと書かれしこそ、妄執の中の第一なれ」、自分の歌が読人知らずとされているのがこの世への妄執となって成仏できないでいるから、今はなき俊成に代わって子定家《ていか》に名前を明らかにしてくれるよう伝えて欲しいと頼む。そして、都落ちの途中で引き返して俊成に歌を託して勅撰集への入集を頼んだこと、その後、ひとたびは西海へ落ちたものの須磨の浦へもどり、ついに一の谷の合戦で討たれたことを舞いながら物語る。

ここまで書いてきて、忠度という人はどうも引き返すということを繰り返していた人であることに気づいた。四十歳の生涯に、しかも人生を変えてしまう重大な場面で何度、引き返しているか。過ぎ去ったものがいつまでも気にかかる、やはり武人らしからぬ人ではなかったろうか。そして、今もまた亡者の世界からこの世の桜のもとへ引き返し、歌の恨みを述べている。

3

去年の春、東京千駄ヶ谷の国立能楽堂で友枝昭世《ともえだあきよ》の『忠度』を観た。さすが当代一とうたわれる能楽師だけあって、舞台に立つこの人の肉体はこの世に生を受けたものすべてが負わされている重さというものをまったく感じさせない。拭き清められた檜《ひのき》の舞台の上にたたずむときも舞うときも、さながら空気か精霊が衣装をまとっているかのようにわずかに浮いてみえる。この方形の舞台の上だけが重力の桎梏《しっこく》から解き放たれ、この世の苦しみをまぬがれた結界であるかのようである。

後段、忠度の亡霊が現われて一の谷の合戦での自分の最期を物語る。平家方は舟に乗って海上へと逃れ、もはや勝負はついたとみえたとき、忠度も舟に乗ろうと波打ち際へ駒を進めると、岡部六弥太忠澄と名乗る源氏方の侍が五、六騎で追いかけてくる。そこで「これこそ望む所よと思ひ、駒の手綱を引っ返せば、六弥太やがてむずと組み、両馬が間にどうど落つ」。またしてもここで忠度は引き返した。そして、これが忠度の最期となる。

忠度が上になって六弥太を抑え、腰の刀を抜こうと手をかけたところを六弥太の郎党が後ろから忠度の右腕を切り落とす。そこで、忠度は左手で六弥太をつかんで投げ出し、「今は叶はじと思《おぼ》し召して、そこのき給へ人々よ、西拝まんと宣《のたま》ひて」、左片手で合掌して念仏を唱えはじめたとき、六弥太に首を切り落とされる。

この組み打ちの場面で友枝昭世は終始、軽やかに激しく所作を続ける。扇をかざして沖に浮かぶ味方の舟を眺めやり、手綱を絞って駒を波に乗り入れ、六弥太と組み合ったまま馬から落ち、いったんは六弥太を押さえこむものの後ろから右腕を切り落とされる。さながら無心に舞い続ける一片の花びらを眺めているかのようである。

忠度が討たれると、友枝昭世のシテは今度は六弥太となって、つい今し方まで自分であった忠度のなきがらをしみじみと眺めやる。この忠度から六弥太への入れ替わりは夢を見ているかのようである。能というものは役者の肉体に死者の霊を招き入れるものであり、死者の方からみれば役者の肉体に憑依《ひょうい》し、その肉体を借りて生前の夢、死後の恨みを物語るものである。能役者の肉体などというものは軽やかな空蟬《うつせみ》のようなものではなかろうか。

六弥太には今、自分に討たれて波打ち際に横たわる平家の公達が誰であるかまだわからない。と、公達が背に負った箙《えびら》に短冊が結んであり、「見れば旅宿の題をする、行き暮れて、木の下蔭を宿とせば、花や今宵の、主ならまし。忠度と書かれたり」。

これでこの歌は『忠度』一曲の中ですでに三度唱えられたことになる。一度目は潮汲みの翁、二度目は潮汲みの翁に唱和して旅の僧が唱え、三度目は六弥太。そして、この曲の終わりにもう一度、地謡《じうたい》によって唱えられることになるのであるが、六弥太がこの歌を唱えはじめたとき、私は不思議な感覚に襲われた。

能楽堂内のくまぐまの暗がりに、ひそかに花の咲き満ちる気配が生じている。花は謡《うたい》や囃子《はやし》や舞に感応して花びらを震わせるかにさゆらぎ、かすかな香りさえ流れてくるかのようである。

断わっておかなければならないが、舞台の上には一枝一輪の花もなく、ほかの曲でしばしば使われる作り物の花さえない。そこには緑の老松がほがらかに照覧する簡潔な空間があるばかりである。そこで今、囃子が奏でられ、謡が謡われ、舞が舞われている。合戦であえなき最期をとげた一人の武将の亡霊が現われてこの世の無念を物語り、箙に結った短冊の花の歌が何度か唱えられた。舞台の上には音楽と言葉と人の現し身のほか何もない。それなのに、この濃密な花の気配はどこからくるか。

『忠度』の作者世阿弥は『風姿花伝《ふうしかでん》』の中で「秘スレバ花ナリ。秘セズバ花ナルベカラズ」といっている。花を隠すからこそ花が現われる。隠さなければ花は消えてしまう。この言葉を『忠度』の舞台に引き寄せてみれば、舞台に一輪の花もないからこそ花が現われる。むしろ花を現わすために舞台の上には一輪の花もない。世阿弥のいう「秘スレバ花」の花とは抽象的な理念などではなく、音楽と言葉と現し身の働きによって虚空に現われる花ではなかったろうか。

4

古典文学で花といえば桜であると学校では教えるが、これは何かの誤りではなかろうか。花が桜の花ではなく梅の花や桃の花をさす場合があるということもあるが、それよりも花とは桜であると短絡的に決めてしまうと花という言葉のもつふくらみがにわかに消え失せて、この言葉が痩せてしまう。

花はやはり花としかいいようがない。桜という言葉からは満ちあふれてしまうものがあるからこそ桜という言葉とは別に花という言葉が生まれ、今もこうして生きている。もし花が桜であるならば、桜という言葉でこと足りるし、花という言葉は要らないだろう。

では花とは何か。考えてみると不思議なことに桜の花、朝顔の花という個々の木や草の花はあっても花という名の花はどこにもない。それでは花はどこにあるのかといえば、それは人の心の中にある。誰でも生まれたときから教えられたわけでもないのに花としかいいようのない華やかな柔らかなものが心の中にあって、昔から人々はそれを花と呼んできたのではなかったか。

人間にかぎらず木や草などの植物の中にもこの華やかな柔らかなものがあって、それが姿なきものの姿が鏡に映るようにこの世の桜の花、朝顔の花となって姿を現わすのではあるまいか。桜にしろ朝顔にしろ種類ごとに異なる姿や色をしていながら、誰もがどれも花であるとすぐ了解するのは個々の花の姿を通してもともと植物の中に潜んでいた華やかな柔らかな花なるものが透けてみえるからだろう。こうした個々の花の姿を通して透けてみえる花なるもの、桜や朝顔を眺めているとき、我々の心に宿るその面影、これこそが花ではなかろうか。花とは桜であるというのも数ある草木の花の中で桜こそは最も花の面影を宿しやすい花であるからだろう。

よく「あの人には花がある」「花のある人」というが、あれはその人の心の中にある花が木の花や草の花と同じく目に見えるかのように表に現われているということなのだろう。そうした稀有《けう》な人に対したとき、我々はおそらく桜や朝顔に感じるのと同じ花なるものを感じるのである。

同じことが紅葉《もみじ》という言葉についてもいえるわけで、花がそうであるように紅葉という名前の植物もどこにもない。楓《かえで》やら櫨《はぜ》やら銀杏《いちょう》やら秋になると赤や黄色に染まる種々の木々を超えたところに紅葉という言葉はある。

見わたせば花も紅葉もなかりけり浦のとまやの秋の夕ぐれ　　藤原定家

定家の歌は「花も紅葉もなかりけり」というのであるが、この歌を読む人は誰でも夕闇に浮かぶ花や紅葉を想像する。花も紅葉もないといいながら花の面影、紅葉の面影を浮かび上がらせる。否定することによって肯定しているわけである。これは歌の話であるが、実は植物自身がこの否定による肯定、死によって生きるということをしている。

桜であれ朝顔であれ花は時がくればみな散ってゆく。散らない花などどこにもない。散らない花など花ではない。しかし、散ってしまったあとも人の心の中にその花の面影は残る。花自身いずれは消えてゆくということを運命としながら人の心に面影を宿してゆく。面影のために花は咲いて散ってゆく。無心な花を眺めているとそんな気がする。

5

蕪村には牡丹を詠んだ句がいくつもある。ざっと数えただけでも三十句近くあるのではなかろうか。しかも、その中には蕪村といえば必ず思い浮かぶ名句が何句も含まれていて、蕪村という人はよほど牡丹の花と性が合ったのだろう。そのことは牡丹のみるべき句の少ない芭蕉と好対照をなしている。

牡丹散りて打ちかさなりぬ二三片　　蕪村
閻王の口や牡丹を吐かんとす
地車《じぐるま》のとどろとひびくぼたんかな
寂《せき》として客の絶え間のぼたん哉
ちりて後おもかげにたつぼたん哉
ぼたん切つて気のおとろひしゆふべ哉
金屏《きんびよう》のかくやくとして牡丹哉
山蟻《やまあり》のあからさま也白《はく》牡丹
方百里雨雲よせぬぼたむ哉
虹を吐いてひらかんとする牡丹哉

蕪村の牡丹の句はすぐ思い出せるものでもこんなにあり、書き写しているだけでも豪奢な気分にひたれるのであるが、芭蕉の牡丹の句となると、

牡丹蘂《しべ》ふかく分け出る蜂の名残哉　　芭　蕉

という地味な一句を記すのみである。

牡丹という豪華な花が蕪村には格好の題材であったが芭蕉には不向きであったといえばそのとおりであるが、このことは両者の俳人としての資質に深くかかわるところがあって、それだけでは片づかない。

さて、ここに引いた蕪村の牡丹の句十句のうち、多くは華やかに咲き誇る、あるいは今まさに開こうとする牡丹であるが、一句目「牡丹散りて」と五句目「ちりて後」だけは牡丹の花が散ったあとを詠んでいる。まず「牡丹散りて」の句は散り果てた牡丹のもとに二、三片の花びらがまだ留まっているところであり、さらに「ちりて後」となると、花びらさえどこへいってしまったか、今まで花を支えていた茎だけが深閑として明るい虚空に立っているだけで牡丹の花の痕跡は何も残されていない。あるものはといえば、牡丹の花を眺めていた人の心に残るその花の残像だけである。

牡丹が散ったあと、今まで牡丹の花の咲いていたところにその面影が現われる。牡丹の花はこの面影を宿すために咲いて散っていったかのようである。

6

言葉もまた草木の花と同じように面影を宿す。日本語の「言葉」という言葉がもとは「言の葉」であり、言語もまた草木の葉のようなものであるという認識を秘めているのは決して偶然ではないだろう。

考えてみれば言葉は散ってしまった花のように何の姿形ももたない。声が空気の波となり、電気の信号となって人と人との間を飛び交うだけである。たしかに文字にして紙や石に書けば言葉は姿を現わしたかのようにみえるが、それも仮の目印のようなものにすぎない。

何の姿形ももたない言葉とはあらかじめ散り果てた花である。それは面影を結ぶためだけにこの世に存在する。そして、詩歌や文章はその言葉を使って虚空に面影を生み出そうという企てなのである。

友枝昭世の舞う『忠度』を観ながら、舞台の上には一輪の花もないにもかかわらず、ありありと花の気配を感じたのも世阿弥の曲の、さかのぼれば忠度の歌の言葉が面影を生み出す働きによるものなのである。その忠度の歌が一度生み出した花の面影はその後も連綿と詩人たちによって受け継がれた。

はなのかげうたひに似たるたび寝哉　　　芭蕉

この句の「うたひ」とは『忠度』にほかならないし、ここで芭蕉は自分自身を忠度になぞらえているのである。

ゆきくれて雨もる宿や糸ざくら　　　蕪村

蕪村の句は宿の雨漏りに困りながらも縁先の糸桜をおもしろがっているとみえるかもしれないが、「ゆきくれて」が忠度の歌への隠された入口であることに気がつけば、忠度にならって糸桜のもとで一夜を明かそうとしたのはいいが、あいにく雨が降り出して雨漏りがしてとんでもないことになったと歌の作者の忠度をからかっているのだなと合点がゆく。どちらにしても風流者の痩せ我慢にはちがいないが、「雨もる宿」と糸桜は別々のものではなく、糸桜そのものを「雨もる宿」と洒落《しゃれ》たのである。

こうした面影の尻取り遊びを壮大に繰り広げてみせたのはほかならぬ『源氏物語』である。生まれてすぐに母桐壺更衣《きりつぼこうい》を失った光源氏が母の面影を求めてさまざまな女性とかかわってゆく。なき母に生き写しといわれ、それゆえに父の桐壺帝の寵姫《ちょうき》となった藤壺《ふじつぼ》更衣、その姪《めい》に当たる少女若紫、のちの紫の上、正妻ではあるが互いに打ち解けない葵の上。桐の花、藤の花、紫草、葵の花。この女性たちの名前になっているのは色合いこそ少しずつ違うものの、どれも紫色の花である。光源氏は失われた桐の花の紫の面影を求めて藤の花に憧《あこが》れ、紫草を奪い、葵の花と結ばれる。

青い光と赤い光が交叉すると諧調の異なるいろいろな紫が生まれる。半色《はしたいろ》、薄色、紫鈍《むらさきにび》、滅紫《めっし》、二藍《ふたあい》、鳩羽《はとば》色、藤色、杜若《かきつばた》色、楝《おうち》色、菫《すみれ》色、葡萄色、紫苑《しおん》色、藤袴色、桔梗《ききょう》色、ウィスタリア（藤）、オーキッド（蘭）、コスモス、バイオレット（菫）、パンジー、プラム、モーブ（葵）、ライラック、ラベンダー。その多くが花の名前でもある。そして、紫という色はどれも記憶、追憶、回想、懐古、憧憬《どうけい》、夢などという面影をめぐる心の働きに深くかかわっている。

薄緑交じるあふちの花見れば面影に立つ春の藤波　　永《えい》福《ふく》門《もん》院《いん》

鎌倉時代末から南北朝時代にかけての人である永福門院のこの歌は梅雨時の青葉に交じって咲く楝の花を眺めていると藤の花が咲き連なっていた過ぎ去った春の景色を思い出す、楝の花には藤の花の面影があるという。この一首は楝の花咲く梅雨の晴れ間の青空に光源氏の物語をほのめかしながら時の流れをさかのぼろうとする。

7

先年、なくなった白洲《しらす》正子《まさこ》は数々の名文のほかに書画骨董《こっとう》の類を遺した。仏像あり絵画あり陶器あり漆器あり。その中にははるか昔の画人や仏師や職人たちの祈りに似た思いが白洲正子という人の目を通してはっと息を飲むほど鮮やかによみがえってくるものがいくつもあって、私はこれらの蒐集《しゅうしゅう》品に対しても決して賞賛を惜しまない者の一人であると自負しているのであるが、同時に何とも無残の思いを禁じえない。

死後に遺された物の数々が白洲正子という中心を失った虚ろな表情でそこらに置かれている。一夜の夢であったものが夜が明けて朝の光にさらされるとたちまち殺伐たるものにみえる、あの夢の残骸と似たところがある。

ある人が画廊や骨董屋で春霞が固まりかけたような李朝の壺を見つけてすばらしいと思ったとする。このとき、その人は正確にいうと、その壺の面影に心惹かれているのである。ところが、その人は壺に魅せられていると錯覚して壺を自分のものにしたいと思う。そして、ついに大枚を投じて壺を購入する。当然、壺は自分のものになったと思って安心する。このとき、その人は壺の術中にはまっている。

はたして壺はその人のものとなったのか。実はこの人はやがて散ってゆく一輪の花を摘んだだけのことである。壺はその人のものとなったようにみえても、完全にその人に身をゆだねたわけではない。ただ見かけ上、その人のものになっているかのようにみえるだけのことである。その人はいずれ死を迎えるとき壺と別れなければならないだろうし、もっと早く壺の方が先に割れてしまうこともある。物はすきさえあれば人の手を逃れようといつでも機会をうかがっている。物は決して人のものとなることがない。

一方、壺の面影はといえば、その人が壺を買う前から、壺を一目見たときからその人のものである。それに気がつかないか、それでは満足できない人が壺を買う。しかし、壺を買ったあともその人が手にしているのは実は春霞のような壺の面影だけなのである。

私のこんな意見がまかり通れば、書画骨董にかぎらず物を蒐集したり、まして不覚にも死後に遺したりするのは愚か者であるということになり、画廊や骨董店の商売にもかかわるのであるが、白洲正子が集めた書画骨董の数々を眺めていて賛美と虚しさが入り交じった思いを味わうのはこうした理由によるのである。何であれ死後に物を遺すのはあまりいいことではない。

第五章　捨てる

1

春泥舎《しゆんでいしや》黒柳召波《しようは》が四十代半ばでこの世を去ったとき、蕪村は「我が俳諧西《にし》せり、我が俳諧西せり」と嘆いたと、その七回忌に編纂した『春泥句集』の序に書いている。召波は蕪村と同じ時代の京の人であり、若くして漢詩人として知られたが、あるときから俳諧に志し蕉風《しようふう》復興の急先鋒となった。

蕪村、召波に炭太祇《たんたいぎ》を加えた三人は明和三年（一七六六年）夏に三菓社を興し、蕉風復興を推し進めようとしていたが、五年後の明和八年（一七七一年）秋に太祇が、その年の暮れに召波が相次いでなくなる。三人の中では太祇が最年長で蕪村は七つほど若く、召波はさらに十ほど若かった。年長の太祇に続いて自分より若い召波を失ったことは一人残された蕪村にとって大きな嘆きであり蕉風復興にとっての痛手でもあった。

今、その『春泥句集』を開くと、一騎当千の句が次々に目に飛びこんできて、召波の早すぎる死を嘆いた蕪村の思いがよくわかる。

春たつや静かに鶴の一歩より　　召　波

元日や草の戸越の麦畠
おぼろ月獺《おそ》の飛び込む水古し
たんぽぽもけふ白頭に暮の春
灌仏や雲慶《ママ》閑に刻みけん
浴《ゆあ》みしてかつうれしさよたかむしろ
子の顔に秋かぜ白し天瓜粉《てんかふん》
山犬のがばと起きゆくすすき哉
傘《からかさ》の上は月夜のしぐれ哉
憂きことを海月《くらげ》に語る海鼠《なまこ》かな

いずれも言葉が簡潔で、かつふくらみがある。ぎすぎすと痩せていない。せめてあと十年長く生きていたらどんなにすばらしい句を詠んだろうか。

こうした召波の句を眺めてすぐにわかるのは、まずこの人が蕉風復興をめざすというだけあっていかに芭蕉に学んだかということである。

おぼろ月獺の飛び込む水古し　　召波

古池や蛙《かわず》飛びこむ水の音　芭蕉

子の顔に秋かぜ白し天瓜粉　召波

石山《いしやま》の石より白し秋の風　芭蕉

傘の上は月夜のしぐれ哉　召波

しばらくは花の上なる月夜かな　芭蕉

召波の句からは芭蕉の句の面影が彷彿《ほうふつ》と立ち昇る。そうでありながら芭蕉の句とは明らかに感触の異なる召波ならではの句である。蕪村たちの蕉風復興自体が芭蕉の俳句を目指すうちにおのずから別の独自の世界を切り開いていったのであるが、召波の句はその誕生の秘密のすぐれた証となるだろう。

もう一つ召波の句を眺めていて気がつくのは漢文漢詩の素養である。「雲慶《ママ》閑に刻みけん」などまさしく漢文調であるし、「たんぽぽもけふ白頭に」の「白頭」にしても杜甫《とほ》の五言律詩「春望」の一節「白頭掻《か》けば更に短く／渾《す》べて簪《しん》に勝《た》へざらんと欲す」の「白頭」にちがいない。

この召波にして次の句がある。

冬ごもり五車の反古《ほうぐ》の主かな　　召波

「五車の反古」とは五台の車にいっぱいの紙屑《かみくず》の山。蓄えこんだ漢籍の類を反古と呼んだか、漢詩俳諧の書き損じをこういったか。半ば誇らしげに半ばからかい気味に冬、家にこもって読書と詩作にふける自分自身を描いている。

この「五車」にはいわれがあって、古代中国の恵施《けいし》（恵子）という人の逸話にもとづく。恵施は紀元前四世紀、戦国時代に活躍した諸子百家の一人であるが、論理と弁舌にすぐれ、魏《ぎ》の国の宰相も務めた。荘子《そうし》と同じ時代の人であり、『荘子』に恵施についての記述がある。

それによると、恵施は空間の無窮、時間の永遠を説いたのはよかったが、「天は地と与《とも》に卑《なら》び、山は沢と与に平らかなり」（「天下篇」）などと耳目を驚かすようなことをいった。なぜならば、天と地、山と沢の差など無窮の空間に比べれば微々たるものにすぎないから。「日は方《まさ》に中《ちゅう》すれば方に睨《かたむ》く。物は方に生ずれば方に死す」。なぜならば、太陽の南中と日没、物の誕生と死は永遠の時間に比べれば一瞬のできごとだからである。

これからすると、恵施は古代ギリシアのソフィスト同様、論理家というよりは詭弁《きべん》を弄《ろう》する人であったようである。論理と能弁が結びつくと、えてしてこういうことになる。当然のことながら、荘子の評は厳しい。「恵施は多方にして、其の書は五車。其の道は舛駁《せんばく》にして、其の言や中《あ》たらず」。恵施は博学多才の人で、蔵書も五台の車に積みきれないほどであったが、やったことといえば支離滅裂で発言は的を外れていた。

召波の「五車の反古」は『荘子』にあるこの「其の書は五車」からとった。しかし、そのまま「五車の蔵書の主」などとせず、「五車の反古の主」と転じた。五車の漢籍も反古同然といったところに、世の中を捨てた上で捨てた世の中を楽しんでいるかのような召波の人柄がうかがわれる。

2

数年前のことになるが、引っ越しを機会に持っていた本のほとんどを処分することにした。引っ越しとはいっても同じ集合住宅の中で別の居室へ移るだけのことだから広くなったり部屋数が増えたりするわけではない。考えようによっては似たような空間へ移るのだから、今あるものをそのまま持ってゆこうと思えばできないこともない。しかし、夫婦の部屋にあふれ、居間にあふれ、廊下にあふれ、子どもの部屋にまで侵入しはじめた本の山を前にして今まで家族の非難をはねつけてきた私もようやくうんざりし始めていた。

本はある限度を超えるとまるでウイルスのように自己増殖を始める。いつまでも手をこまねいていては人間のいる場所が狭くなり、ついにはなくなってしまう。早く手を打って人間らしい生活の場所を確保しなければならない。

そもそもなぜこうした事態に陥ったかといえば、身辺にある物の中で本だけを特別扱いしてきたことに原因がある。小さいころから本を大事にせよ、粗末にするなといわれ、子ども心にも本はほかの物とは違うのだなと思うようになった。そのうちに本は治外法権を獲得して徐々に増え始めた。

それでも読むめどのたっている本を買ってくるうちはまだいいが、いつか暇ができたら読もうと思う類の、読む当てのない本まで買ってくる。こうなるともういけない。主の偏愛に自信を得て驕慢《きょうまん》となった本は主の知らないところで勝手に増え続ける。買った覚えのない、見知らぬ本までどんどん増えることになる。

それに対して集合住宅の空間は一定である。狭くなることもない代わりに広くなることもない。日本の古い家のように、ふだんは無駄な空間としかみえないがいざとなると偉大な抱擁力を発揮する次の間や廻り廊下や離れという遊びの空間があるわけではない。かぎられた空間の中で本が増え続けるのであるから人の居場所が圧迫されるのも当然のなりゆきである。

そこで引っ越し先に決まった新しい居室の壁いっぱいに天井まで届く本棚を三つこしらえてもらい、そこに入らない本はすべて処分することに決めた。壁いちめんの本棚が三つといってもそんなに入るわけではない。持っている本の半分以上はあふれてしまう計算である。

まず資料としてなくてはならない事典辞書、歳時記、古典の類から順に入れてゆくと本棚の空きはほんのわずかしか残らない。昨今の小説や句集、歌集、いつか読もうと思って買った本などとても持ってゆけない。中には一度も開かぬまま手放さざるをえない本も山ほどある。

五千冊売って涼しき書斎かな　櫂

ま、五千冊という数字は大袈裟であるが、召波の「五車の反古」がここに影を落としたと思っていただければいい。そういいたくなるほどの本の山を近くの古書店に引き取ってもらった。それまで古本屋から本を買ったことはあっても売ったことはないから、はたしてこれでいくらになるのか見当もつかなかったが、恐る恐る予想していたとおり夫婦で顔を見合わせて笑ってしまうほどのお金に変わった。世間からみればこれしきの値打ちの物に今まで場所を奪われていたことになる。

たしかに本は必要な人は千金を投げ打っても欲しいが、必要でない人には紙屑同然の代物である。いくら時間をかけ、お金を投じて買い集めた本といえども世間の人にとっては紙屑でしかない。まだ白い紙の方が役に立つ。本ほど人によって値打ちに差のある商品もない。

3

三つの壁に本がきれいに収まった新居に引っ越して、言い知れぬ解放感を味わうことになった。片づいたとはいっても壁にはぎっしりと本が背を向けて並んでいるのであるから一家四人、書庫で暮らしているようであるのには変わりがないが、長い間、堆積物に埋もれていた床や廊下が姿を現わすと、たしかに室内はすっきりする。これこそ人間の居場所というものである。

兼好法師は『徒然草』に「居たるあたりに調度の多き、（中略）前栽《せんざい》に石、草木の多き、家の内に子孫の多き、人にあひて詞《ことば》の多き、願文《がんもん》に作善《きぜん》多く書きのせたる」などと物の多いのを「賤しげなるもの」として数え上げ、例外として「多くて見ぐるしからぬは、文車《ふぐるま》の文、塵塚のちり」と書いているが、さてどうだろう。「文車の文」も多いのはやはり賤しげである。ことに四十を過ぎて、あまりにも本が多いのは浅ましい。その年になれば必要な本など十冊もないはずで、それでもまだ夥《おびただ》しい本に囲まれているのは人生における決断力にかけるのだなどと打って変わって豪語するのを妻はばかばかしいという面持ちで聞き流している。

大半の本を売り払って解放感を味わったというのは身辺がこのとおりすっきりしたからばかりではない。大事と信じて疑わなかった本を捨てる。これがなかなか爽快なのである。本を後生大事にしているということは本に縛られているということである。本は紙でできているから紙という物に縛られていることになる。紙であれ何であれ物に縛られるほど愚かなことはない。本を捨てるということは本の呪縛を破って自由になることだった。

うっかりすると忘れてしまいそうなことであるが、本はそこに書かれている内容が大事なのであって、一度読んでしまえばみな反古でしかない。しかし、誰もがこの本という器、本のいわば抜け殻を本と呼んでいる。本を大事にするというのは実は本の抜け殻を大事に保存しているのである。

心を動かされた小説などはまたいつか読みたい、また読むだろうという一時の迷いから本箱にしっかりと差しこんでおくのであるが、実際は一度読んだ本を二度三度と繰り返し読むことはよほどの古典のほかはまずないといっていいだろう。いくら感動した本であっても本当はとっておいても仕方がないのである。感動した本であればあるほど、中身は心の中にしまいこまれているはずであるから、とっておかなくてもいいということになる。

そこで思い出したのが、花神社《かしん》の大久保憲一社長のことである。大久保社長とはもう二十年来のつきあいであるが、出版社の社長であるから一方ならぬ本好きで私などが読んだことのない本もたくさん読んでいる。そうした読書家なら、さぞかし家中本で埋まっているだろうと想像するのであるが、自宅にはほとんど本がないらしい。というのは、読み終えた本はいかに名作であろうとすぐに捨てるか、人にやるかする。家の中をすっきりさせておきたいという気持ちもあるのだろうが、いい本であれば必ずまた出版されるから手もとにとっておかなくても必要になったら買えばいいというのである。

ここまで思い切って本を捨ててしまうと、私などは文章を書くときにすぐに立ち往生するのが目に見えているから、資料となるもの、辞書や事典の類をはじめとして和歌俳諧の古典などは用心してとっておくことになる。

4

物にこだわるなという訓戒は何も本ばかりではなく衣食住全般あらゆることに当てはまる。

今、家の中を見わたしただけでも、こんな狭い場所に机が五つ、ベッドが二つもある。引っ越しのときの整理をまぬがれた何年も着ない服がクローゼットの奥にはまだ何着もかかっているし、食器棚には博物館の保存室のように長い間、使われていない茶碗や皿が並んでいる。まさに兼好法師のいう「居たるあたりに調度の多き」である。

こうした家具や服や食器がなぜ捨てられないかといえば、いつか使うかもしれないと淡い期待を抱いているからである。要るか要らないかわからない。しかし、要るか要らないかわからないものは要らないものなのである。

要らないとわかっていても捨てられないのは、かわいそうと思うからである。捨てるということに何とはなしに罪悪感を感じる。物に対して義理を立てているわけである。こうしていつの間にか空間を物に占領されてしまうばかりか、ついには物によって心をがんじがらめに縛られて身動きがとれなくなる。

そこで、ある朝、目覚めて不要なものを一切捨ててしまう。そうしたとしても、予想に反して実際には何の不都合も起こらない。それどころか、広々とした空間がよみがえり、気分もさっぱりする。兼好法師が「塵塚のちり」を「見ぐるしからぬ」ものに数えているのは、ゴミ捨て場にゴミがあふれるのを喜んでいるわけではなく、捨てるという行動をたたえているのだろう。物を捨てなさいと言外に語っているのではなかろうか。

しかし、物を捨てれば塵塚に塵があふれ、それが南北朝時代の京都ならいざ知らず、現代の末期的な消費社会ではそれが大量のゴミとなって大変な問題になる。そこで、物を捨てることより賢いのは初めから物を買わないことである。とはいうもののまったく物を買わないのも難しいから、本当に要るものだけを買う、必要性と品質をよく吟味して買うしかない。

お金を吟味して使うということは実は一家庭内に留まらず、社会全体のあり方にかかわる問題でもある。民主主義社会では主権者は市民であるということになっている。そして、市民は選挙権を行使して指導者を選ぶことによって国や市町村のあり方を決める。実はこの選挙権のほかに市民が社会のあり方を決めるもっと有効な手段があって、それがお金である。

考えてみれば資本主義社会は、お金に対してまことに従順な社会である。何が買われるかに敏感に反応し、お金の使われ方によって柔軟に姿を変える。消費者が自動車を買えば自動車関連産業がたちまち一大産業にのしあがる。パソコンを買えばパソコンの、携帯電話を買えば携帯電話の関連産業が躍り出る。反応はいたって単純である。早い話、消費者が子どもたちにハンバーガーばかり食べさせれば、判で押したようなハンバーガーショップがそこらじゅうにできるように、お金の集まるところが巨大化し増殖する。

お金は選挙権と同じ、もしかするとそれ以上の働きをする。消費者は知ってか知らずにか、物を買うごとに社会のあるべき姿に対して一票を投じていることになる。もし街によきものがあふれていれば消費者自身のお金の使い方がいいのであり、逆に醜悪なものがあふれていれば自分たちのお金の使い方がどこかゆがんでいると思わなければならない。

これは資本主義社会は物騒な革命など起こさなくとも、消費者がお金の使い方によって容易に変えることのできる社会であるということでもある。となると、選挙で一票を投じるのと同じように消費者はもっとお金の使い方には慎重でなければならない。安ければいいというものでもなく、逆に高いから安心というわけでもない。やたらと人に物を贈るのも、贈り物を安易に選ぶのもどうかということになる。

本当に必要なものかどうか、代金に見合う値打ちがあるか、今、買おうとしている物が社会にはびこるのを支持するかどうか、支持しないならたとえ一円であれ財布から出すべきではない。そこで一円を払えば、その人はよくないものに結果として支持を与えたことになり、それが何千人何万人と積み重なれば、その生産者は消費者に支持されたと勘違いしてもっとその商品の生産に励もうとする。有権者の意思であれ買収されたものであれ一票は一票であるように消費者の意図にかかわらず一円は一円だからである。

一方、支持するものに対してはその値打ちに見合うお金を投じなければならない。払うべきものに対してお金を出し渋るのもまた社会をゆがめることになるからである。

アフガニスタンのタリバン兵がバーミヤンの大仏を予告どおり爆破してこなごなにしてしまったとき、この野蛮な行為に対して地球上のいたるところで非難の声が湧き起こった。人類の貴重な文化遺産を破壊したのであるから、文明国の政府やマスコミや市民であれば予想された当然の反応だろう。

しかし、私はそうとばかりも思わなかった。バーミヤンの大仏を生み出した仏教は形あるものはいつか壊れること、物にこだわらないことを教える宗教である。尊い仏の姿を刻んだ仏像といえども物である。それならば壊れたからといって何も怒り悲しむことはないではないか。

億万の春塵《しゅんじん》となり大仏《おおぼとけ》　櫂

菩提樹《ぼだいじゅ》の木陰で若き釈迦《しゃか》が悟りを開いたとき、そのかたわらに普賢菩薩《ふげんぼさつ》が現われて諸々の菩薩に向かって仏の世界の姿を示していう。「ヴィルシャナ仏は、諸仏や諸ボサツの神通力をあらわしたもうている。そこでは一々の小さな塵のなかに仏の国土が安定しており、一々の塵のなかから仏の雲が湧きおこって、あまねく一切をおおい包み、一切を護り念じている。一つの小さな塵のなかに仏の自在力が活動しており、その他一切の塵のなかにおいてもまた同様である」(「華厳経」玉城康四郎訳)。

ここにいうヴィルシャナ仏とは漢字で書けば毘盧遮那仏であり、宇宙そのものを表わす仏である。ただ盧舎那仏《るしゃなぶつ》ともいう。奈良東大寺の大仏も爆破されたバーミヤンの大仏もこのヴィルシャナ仏にほかならない。

普賢菩薩はさらにこう語る。「一々の小さな塵のなかに、おもい測ることのできないみほとけがいまし、衆生の心にしたがってあらわれ、ついにはすべての国土海に充満しておられる」。

爆破されたバーミヤンの大仏はそれこそ億万の塵となって宇宙の隅々にまで散らばった。その無数の塵の一つ一つがすべてバーミヤンの大仏の姿と心を宿している。決して消滅してしまったのではなく、無数の巨大な塵となって宇宙全体に遍在している。これこそ大仏の本願ではなかったろうか。この句には「バーミヤン大仏破壊を嘆く人に」という前書をつけた。

イスラム教は偶像崇拝を認めない。その考え方がイスラム教の中だけにとどまっているうちは問題は少ないが、一神教であるがゆえにアッラー以外の神、イスラム教以外の宗教を認めない。というよりも、ほかの神、ほかの宗教の存立を許してはならないと考える。これこそが自分たちの神への忠誠であると信じている。となると、ほかの宗教の神の偶像などもってのほかということになる。そこでタリバン兵はバーミヤンの大仏を爆破した。

原始仏教も現在のイスラム教と同じように偶像崇拝を認めなかった。ところが、原始仏教は紀元前四世紀後半のアレクサンドロス大王の東征によって征服された北西インドで彫刻好きのギリシア文明と出会い、これ以降、盛んに仏像が造られるようになる。

現在のイスラム教や原始仏教が偶像崇拝を否定するのはそれなりのわけがあって一言でいえば偶像が物だからである。神や仏を崇拝するけれども、それは一人一人の心の中にさながら生きているかのように面影として現われるものであって、いかにその面影を写したとはいっても石や金属や木材という物を拝むのは愚かなことである。仏は花であり、仏像は花の骸《むくろ》にすぎない。

仏教は物にこだわるなと教える。仏像は自分自身が物としての運命を背負っていることをよく知っていて、やがていつかは自分自身も消滅するという大いなる悲しみと喜びのうちにたたずんでいる。

6

物にこだわるなという仏教の教えは実は恐ろしい教えである。仏像が物であるのと同じように人の肉体もまた物であるからである。とすると、たとえ親や子が死んでも嘆くことはない。さらに自分自身も物であるから、自分の死に臨んでも何も恐れることはない。こうして仏教は人や自分の死を従容として受け容れることを教える。口にするのはたやすいが、太陽と同じく直視するのは難しい。

俳句は十七音しかない。いいたいことの大半は潔くか嫌々ながらか、どちらにしても捨てなければならない。いいたいことにこだわっていては俳句にならないからである。いいたいこと、いいかえると自分自身へのこだわりを捨てることが俳句にとっては大事である。同じことを人間の側から眺めると、俳句とはその人をその人自身から解き放つ型式であるということになる。人間は誰しも自分自身に縛られて生きているのであるが、俳句には十七音という制約があるために俳句を詠む人は自分を縛る自分を捨てなければならない。

俳句という型式のこの特徴が俳句を詠む人の生き方に影響を及ぼすことがある。反対に、そうした考え方の人が俳句という型式に魅せられるということだろうか。

大寒の埃《ほこり》の如く人死ぬる　高浜虚子《きょし》

虚子が昭和十五年（一九四〇年）一月のある句会に出した句である。このとき、「大寒や見舞に行けば死んでをり」という句もいっしょに出した。句集ではこの二句が並んでいる。二つを合わせて想像すると、病気の人を見舞いに行ったら埃が風にさらわれるようにすでに死んでいたというのである。人の死に際して「埃の如く」とは世間の生ぬるい常識からすれば穏やかでない。

病気見舞いにゆくくらいだから、その「人」とは虚子の知り合いだろう。句集に収めれば句は遺族たちの目にも触れる。それを承知のうえで虚子はこの句を句会に出し、句集にも入れた。それができたのは「埃の如く」が何も故人をゴミのようにといっているのでもなく、おとしめているわけでもなかったからである。

この「埃の如く」の「埃」とは仏典に記された宇宙に遍在する無数の塵、それ自体一つ一つがまた広大な宇宙である塵である。人が死ぬと無数の塵となってあまねく宇宙に散らばる。宇宙のいたるところで今も刻々と起こりつつある無数の破壊と無数の誕生、変転留まるところを知らない物の姿の一つを虚子は余計な情を排して描いた。この非情こそが遺された者には同情や慰めよりはるかに深い安心である。「埃の如く」が物議をかもしたなどという話も聞かないところからすると、故人の遺族たちもそれがわかっていた。

俳句が物にこだわらないこと、捨てるということとどう結びついているかについて書いているうちに話が勇ましくなってしまった。破壊や殺戮を賛美していると誤解されても困るから熱冷ましの話を一つ。

7

俳句には「春惜しむ」「秋惜しむ」という季語がある。

行く春を近江の人と惜しみける　芭蕉

これに準じて「夏惜しむ」「冬惜しむ」という季語もありそうなものだが、そういう季語はない。惜しむとは時とともに移ろうものをいとしむことだからである。過ごしやすい春や秋は惜しむに値するが、暑い夏や寒い冬は惜しむべきものではない。最近、夏惜しむという用例を見かけるが、夏休み中のスポーツや旅行が盛んになり、夏が過ごしにくいばかりでもなくなったせいだろう。

この移ろいゆくものへの愛惜はあらゆる季語に水のようにゆきわたっていて、花といえばやがて散りゆく花を惜しみ、月といえば欠けてゆく月を惜しむのである。露といえば消えてゆく露を惜しむ。季語はみな時とともに移ろうものを惜しむ言葉であり、歳時記はその集積である。

「惜しむ」とは花にしても月にしても露にしても、また仮に人であっても、それがやがて消えてしまう運命にあると知りながら愛することである。花や月や露や人との残されたわずかな時間を楽しみ、名残を惜しみ、面影を懐かしむ。形あるものはいつかは壊れると承知したうえで形あるうちを楽しむ。物にこだわらないとはそういうことである。

第六章　庵

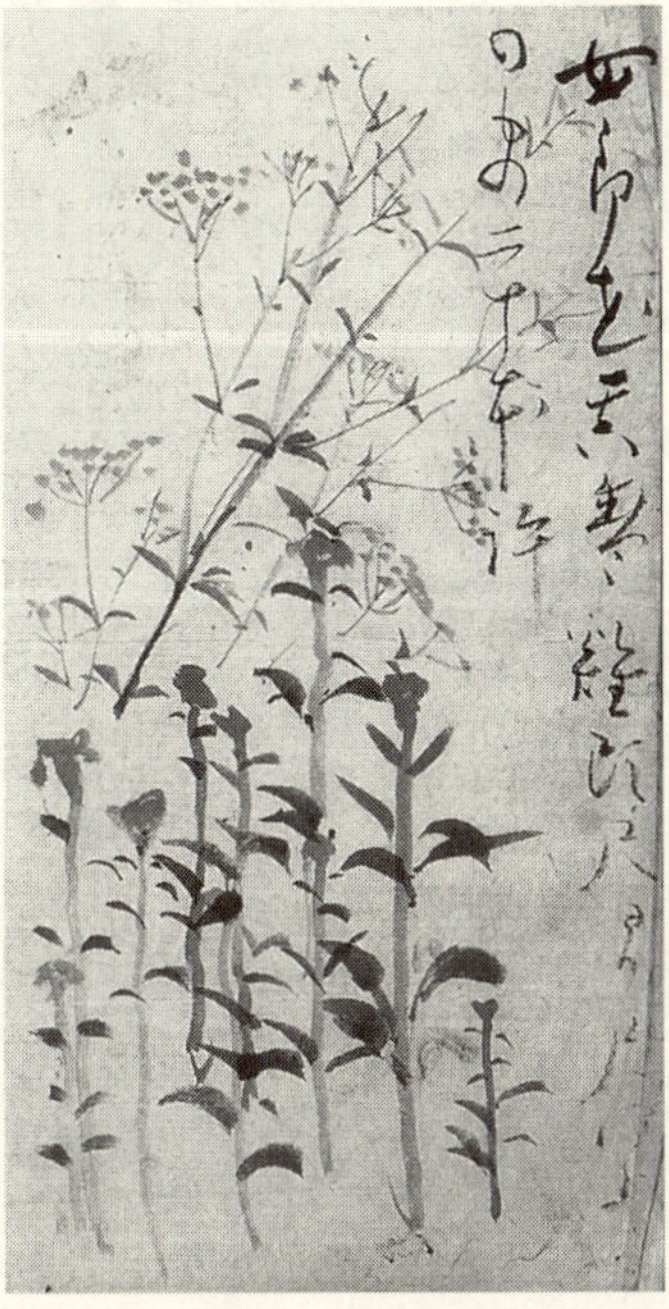

1

私の部屋の本棚にジョン・ポーソン（John Pawson）というイギリスの建築家の works（ワークス）という写真作品集がある。淡いグレイの表紙に上半分が薄いベージュ、下半分が半透明のカバーがかけてあって、奥付をみると二〇〇〇年にロンドンで出版された本である。works すなわち作品集であるから、建築家が手がけた住宅や店舗や公共施設などの写真と解説を収めているが、最後の章で建築家自身のロンドンの住まいが紹介してある。

このポーソン・ハウスは十九世紀に建てられてから百年以上たって老朽化した建物を改造してできあがった。改造中の建物の内部を写した写真が載っているが、壁紙や漆喰《しっくい》がはがれ落ちて煉瓦《れんが》の地肌やぼろぼろの木組みがむき出しになり、煉瓦の壁さえ方々が崩れ落ち、要するに廃屋である。

建築家はこの廃屋を手に入れて枠組みとなる煉瓦の壁以外、すべてを一新した。完成後の写真をみると、建物の外側も内部も柔らかな諧調の白い素材で仕上げてある。今、開いている作品集の表紙のような色合いである。敷地は日本の集合住宅の一室くらいの広さだろうが、京都の町家《まちや》のように間口が狭くて極端に縦長の長方形である。歩道から石段を五つ上がると黒い木の扉があり、扉を開くとそこは居間、二階は寝室、三階には二つの子ども部屋がある。これらの階が壁と壁の間に隠した鎌倉の切通しを思わせる細い石の階段で結ばれている。家中すべてが白い直線と白い四角な平面で構成されている。曲線はどこにもない。以下、とくに断わらないかぎり色は白もしくは白系統の色を、形は簡潔な四角を想像してもらいたい。

このポーソン・ハウスのいちばんすばらしい部屋は一階の居間でもなく、二階の寝室でも三階の子ども部屋でもなく、実は居間の下にある半地下の台所である。建物の敷地が極端に長い長方形であったことをまず思い起こして欲しい。一階の居間から例の切通しのような階段を降りてゆくと台所に出るのであるが、この細長い空間の奥の三分の一はテラス、手前の三分の二が食堂を兼ねた台所になっている。テラスと台所は透明なガラス板で仕切ってあるが、仕切りの中央の三分の一がガラスの引き戸になっていて、ここを開けてテラスへ出る。

おもしろいのは台所の端からテラスの端まで壁に沿ってまっすぐに伸びる石の台がガラスの壁を貫いていて、屋内の台所と屋外のテラスという二つの空間が細長い一つの空間に見えるように造ってあることである。台所もテラスも床は同じ石板が敷いてあり、内と外を仕切るガラスは無色透明でカーテンもかかっていないから、仕切られていることさえ忘れてしまいそうになる。

細長い石の台の屋内部分には小さな流しとガスの炉が切ってあって、ここが台所であることがわかる。流しのほとりにはJの字を逆さにした蛇口が泉をのぞきこむ水仙の花のようにたたずんでいる。台所の中央には木の食卓が置かれ、食卓の後ろには天井にまで達する棚の扉が並んでいて、冷蔵庫や食器の類はみなこの扉の奥で息を潜めているらしい。ほかに家具らしいものは見当らない。天井と床と壁だけでできた何もない空間である。

外のテラスの右側には台所から続く壁と石の台が先まで伸び、正面の高い木の柵に突き当たって止まる。正面の木の柵は左手で手前へ折れ、テラスの左側面を仕切っている。この柵には細い角材が碁盤の目状に組んであり、何となく蔀戸《しとみど》めいている。

柵の外には樹木が茂り、柵越しにまた柵の升目からこの石のテラスをのぞいていてまるで森の中の隠れ家の風情がある。テラスの左奥には柵にとりつけた扉に向かって三つの石板を積み重ねただけの石段があり、石段の近くには敷石にあけた穴から桜の木がまっすぐに伸び上がり、青葉の茂る枝を広げてあたりに影を落としている。この写真が撮影されたのは夏だった。桜の木陰にも台所の食卓に似た木の食卓が、鏡の中の映像か、懐かしい思い出の中の光景のように置かれている。

冷し酒この夕空を惜しむべく　櫂

美しい夏の日の夕暮れ、二、三人の友人とこのテラスで冷たい白ワインを飲みながら語り合うならば人生はどんなに楽しいものに思えるだろうか。そんな一時の慰めと錯覚にひたれそうなテラスではないか。

2

誰も写っていないが誰か人の気配のするポーソン・ハウスのテラスの写真を眺めながら、それが二十世紀末のロンドンの住宅街に出現した建物であると知りながらも、時空を超えたそこはかとない懐かしさを感じるのは、きっと柔らかな白と淡いベージュの間の色と直線と長方形で構成される台所とテラスが昔ながらの日本の家の感じにどことなく似ていなくもないからだろう。

書院や茶室のみならず長屋や農家にしても昔から日本の家屋で使われた色は最も明るい障子の白から歳月を経た木材の帯びる焦げ茶にいたる、くすんだ茶系統の色であり、茶色の濃淡が柱、壁、畳、建具、調度という線や面となって屋内の空間を構成していた。

こうして組み立てた建物内部は縁という、これも直線によって切り取られる細長い空間によって外の庭やさらに先の野山と結ばれる。

山も庭もうごき入るや夏座敷　芭蕉

縁は建物の外でもあり内でもある。たいていは深い庇が太陽の直射をさえぎっているが、かといって暗いというのではなく、昼間は庭の木や石や砂地の返す光に照らされている。夜になると室内の明りがほのかにもれる。春夏秋冬、昼夜、宵暁、晴れか雨か曇りか雪か、季節や時間や天候によって明暗と色合いが少しずつ変わる。

ポーソン・ハウスの何の装飾もない壁や床に囲まれた空間は何もない書院の面影を漂わせているし、壁の柔らかな白や石材のベージュは障子や畳を思い起こさせる。無色透明のガラス板で仕切られただけで外の光の流れこむ台所と屋内の明かりのもれるテラスはさながら日本の家の縁ではないか。昔の日本の家を構成していたいくつもの重要な要素が昇華され透明な光となってロンドンの半地下の台所を照らしている。

同じくポーソンの本で、*works*の数年前に出版された*minimum*（ミニマム）という小型の写真集がある。こちらはポーソンが愛着を抱き、建築家の養分となっただろうと思われるさまざまな建造物や庭や風景や美術工芸の写真や切抜きを貼りつけたさながらスクラップブックのような本である。

黒衣を頭からかぶった女のようなメキシコのサイロ群、上空から撮ったニューヨークのマンハッタンとイースト・リヴァー、石の梁を支える石の円柱、夕立雲に包まれる世界貿易センタービル、雲間からさす光に照らし出されるストーンヘンジ、ナイフですっと裂け目を入れただけのフォンタナの白いキャンヴァス、川からあふれ出た水に浮かぶファーンワース・ハウス、花を薄彫りした中国の白磁の碗、池を囲むアルハンブラ宮殿の中庭、ハンス・ウェグナーのひじ掛け椅子、天へ登る螺旋《らせん》の塔、ひび割れる白い土壁、セザンヌの蒼ざめたサント・ヴィクトワール山、月光の照らす海原、のどかな中国の山水画等々。ページをめくるたびに古今東西の造形が次々に現われては消える。

そのところどころに日本の建築や日本人の作品の写真がまじる。渋谷の西武デパートにかつて倉俣史朗《くらまたしろう》が作った三宅一生《みやけいっせい》の売り場、楽長次郎《らくちょうじろう》の黒茶碗「禿《かむろ》」、空から眺めた龍安寺石庭、石元泰博《いしもとやすひろ》が撮った軽快なリズムを奏でる桂離宮の軒、誰の絵だったか湯浴みする二人の女、安藤忠雄の住吉の長屋、イサム・ノグチの石庭とそこを流れる遣水《やりみず》、水平線がおぼろげに浮かび上がる杉本博司《すぎもとひろし》の海原の写真。

ポーソンは若いころ、日本で倉俣史朗と出会い、建築家になろうと決心したという伝説めいた話がある。倉俣史朗とは、透明なアクリル板に真紅の薔薇が散りばめられ、『欲望という名の電車』の女主人公に捧げられた椅子「ミス・ブランチ」や『ガリヴァー旅行記』に出てくる巨人のための長い寝台「ラピュタ」を作ったインテリア・デザイナーである。

ポーソンは倉俣史朗との出会いをきっかけにして自分の前に次第に姿を現わしはじめた古今の日本の造形、楽茶碗や石庭や桂離宮を心の中に迎え入れて昇華させ、その香りのようなものから自分の建築を作りあげていったのではなかったろうか。ポーソン・ハウスの台所やテラスの写真をみて、私が郷愁のようなものを感じたとしても理由のないことではないのである。

ポーソンは建築の中から「ない方がいいもの」はいうまでもなく「なくてもすむもの」、ときには「なくてはならないもの」までも排除する。昔の日本の隠遁者たちが「雨露をしのぐもの」とへりくだって呼んだ草の庵のように余計なものをできるかぎり捨て去ったうえで、建築の最小限の要素である柱、屋根、壁、床を力強く際立たせる。

このポーソンの建築の作風をミニマリズムと呼ぶらしい。そのまま訳せば最小限主義となるだろうか。これは文学でいえば俳句だろう。俳句とは余計な言葉を捨てて残った最小限の言葉を最大限に生かす、あるいは一つの言葉を生かすためにそれ以外の言葉を捨てる文学の型式であった。

3

鴨長明が終の栖《ついすみか》として京の都の南東、日野山に結んだという草庵は『方丈記』によると、広さは一丈四方、高さが七尺もないささやかなものだった。一丈は十尺であるから約三メートル四方、高さが二メートル、四畳半一間くらいの建物である。吉野山の西行庵か良寛が越後の国上《くがみ》山に結んだ五合庵ほどの広さだろうか。しかも地面に固定せず、いざとなればばらばらに分解して二台の車に積み、別の場所へ持ち運ぶことができた。

ひきよせて結べば柴の庵なり解くればもとの野原なりけり　　慈　円

さながらこの古歌のとおりのたたずまいだったろう。庵は建てる、壊すとはいわず、結ぶ、解くという。まるで露のようにはかない建物なのである。

長明の庵の東側には一メートルほどの庇が張り出し、南には竹の簀《す》の子の縁側がつけてあった。西の壁には仏の水や花を置く棚、北の障子を開くと阿弥陀如来と普賢菩薩の絵を掛けた仏壇があって、その前の経机にはいつも『法華経』が載せてあった。南西の隅の天井から吊るした竹の棚には黒い紙張りの箱が三つ並べて置かれ、和歌管弦の本や『往生要集《おうじようようしゆう》』が納めてある。その吊り棚のかたわらには琴と琵琶が立てかけてある。長明はすぐれた歌人であるばかりか、琵琶の名手でもあった。夜になると庇のある窓の下に蕨《わらび》の花穂を干したものを敷いてこれを寝床代わりにした。

長明が日野山の奥に結んだ庵で暮らしたのは六十歳になってからである。若いうちは父方の祖母から譲り受けた屋敷に住んでいたらしいが、三十歳を過ぎてその十分の一ほどの小さな家に移った。五十代で出家して世捨て人となり、ややあって日野山の庵に隠遁したのであるが、この庵は前の家の百分の一、初めの屋敷に比べると千分の一の大きさしかなかった。庵とは世を捨てた果ての終の栖であった。

草庵に暫《しばら》く居ては打ちやぶり　　芭蕉

いのち嬉しき撰集のさた　　去来《きょらい》

凡兆《ぼんちょう》の「市中《いちなか》は物のにほひや夏の月」を発句として芭蕉、去来の三人で巻いた歌仙の芭蕉と去来の掛け合いは長明のような世捨て人を面影としている。

俳句という文学にはこの草庵の隠遁者の血が昔から脈々と流れ続けている。古来、草庵に住み、隠遁者然とした日々を送った俳人は数知れない。芭蕉は四十代からなくなるまでの十年間、旅から旅に明け暮れた。旅を栖とする芭蕉の生き方は長明の携帯式の草庵での生活をさらに徹底させたものであったということができるし、さらに芭蕉の門弟であり、放浪の乞《こつ》食《じき》であった路《ろ》通《つう》の人生こそは草庵生活の究極の姿だった。

肌のよき石にねむらん花の山　　路通

路通は庵も結ばず、宿もとらず、野宿同然の旅を続けた。この句は花盛りの山奥の日に温もった滑らかな岩の上に横になって、しばしの惰眠をむさぼりたいというのである。

遅き日や谺《こだま》聞ゆる京の隅　　蕪村

洛中の蕪村の家は町中の庵の趣がある。

いくたびも雪の深さを尋ねけり　　正岡子規

子規が病を養った根岸の借家は子規庵と呼ばれる。都心からは上野の山の向こうに当たるこの辺は今でこそ建てこんでいるものの、当時はまだ東京の山里であった。

鎌倉の草庵春の嵐かな　高浜虚子《きよし》

虚子もまた鎌倉の自宅を草庵と称し、門弟たちは虚子庵と呼んだ。

俳句は十七音しかないからいうべきことの大半は捨て去らなければならない。いつの世も俳人が庵という極小の住まいに親しみを覚えるのは庵が俳句に似ているからである。

いつの日か庵結ばん草の花　小寺敬子《よしこ》

庵への憧れは今も俳句の中に絶えることなく息づいている。

4

世を捨てるとは世間を捨てることであるが、人間は世間の中で生きているから世間を捨てることは自分自身を捨てる、自己を放下することでもある。

数年前に新聞社を辞めて俳人になってからというもの、「自分も会社を辞めたいのだけれども、どうしたら生活していけるだろうか」という相談の手紙をときどきもらうことがある。しかし、考えてみればこの発想自体どこかおかしなところがあって、「生活していけるだろうか」「どうにかして生活していきたい」と案じているかぎり会社を辞められるはずがない。先のことを考えるなら会社にいる方がいい。会社を辞めるということはとりもなおさず明日から路頭に迷うということだからである。となると、「路頭に迷ってもいい」「飢え死にしてもいい」と観念しないかぎり会社は辞められない。

自分のことを顧みても、会社を辞めてからも幸いどうにか生きてはいるものの、それは結果であって、辞表を出す時点では辞めたあとの生活については何の保証もなかった。退職金を使い果たしたらどうなるかなどと考えはじめるととても辞める決心はつかない。それでも辞めたければ目をつぶって飛び降りてみるしかない。先のことは先で考えればいい。妻子を抱えて何と無責任なといわれれば返す言葉はないが、そうであるから仕方がない。

現代の社会で会社を辞めるということは、まして俳人という無用の人になるということは世捨て人となるのも同然である。会社を辞めるということは自分をいったん捨てるということである。そこまでして会社を辞めるのは、かけがえのない自由が欲しいからである。会社を離れ、世間を離れ、世間に囚《とら》われている自分自身からも自由の身となって生きたいからである。

長明の草庵では水は懸樋《かけひ》を引いて岩間に溜め、薪は近くの林から拾ってくればよい。樹木の茂る谷間であるが西の方は眺望が開けている。春になると、あたりの木々に藤の花が紫の雲のように咲きわたる。夏がくればホトトギスが鳴き、秋は蜩《ひぐらし》の声、冬には雪を眺める。お経を読むのも億劫《おっくう》なときはさぼってしまえばいい。そして、古人をまねて歌を詠み、琵琶を奏でる。

山の麓《ふもと》には山守の庵があって、そこの十歳になる少年がときどき、遊びにくる。退屈なときはともに草や木の実を摘み、落穂を拾う。天気のよい日には山の頂上に登って都の空を眺めたり、峰伝いに琵琶湖の近くまで遠出したりすることもある。

たしかに、日野山の草庵は先祖から受け継いだ屋敷の千分の一しかなかったが、長明の前には時空を超えた広大な世界が開けていた。世を捨てて庵を結ぶということは、庵の中の小さな空間に閉じこもることではなく、逆に小さな世界を捨てて宇宙全体を自分の庭とすることである。俳句がそうであるように微小なものの中にこそ果てしなく広大な宇宙が宿っている。

天地をわが宿として桜かな　　　　櫂

5

谷崎潤一郎が湯河原に終の栖を新築しようとしたときのことである。設計を依頼されたある建築家が「『陰翳礼讃《いんえいらいさん》』を読んで先生のお好みがよく分りました、必ず御期待に添うようなお邸を造ります、安心なさって下さい」というのをきいて、谷崎は「えらく不安になっちまった」という話を、谷崎の晩年十二年間、口述筆記を担当した中央公論社の伊吹和子《いぶきかずこ》氏がその著書『われよりほかに』に書いている。

そこで伊吹氏が「その方は、タイル張りの水洗なんかとんでもない、と思っていらっしゃるでしょうから、きっと松葉か蝶の翅《はね》を敷き詰めた、ほの暗くて落ち着いたお手洗いが出来ますでしょう」とからかうと、松子夫人もその妹の重子夫人も悲鳴をあげて笑ったが、谷崎だけは「どうも困ったことになった、今からじゃあ断っても間に合わないかね」と真顔で心配していたという。

松葉か蝶の翅を敷き詰めた厠のことは知らないが、ほの暗くて落ち着いた厠のことなら『陰翳礼讃』にある。その一節は「私は、京都や奈良の寺院へ行つて、昔風の、うすぐらい、さうして而も掃除の行き届いた厠へ案内される毎に、つくづく日本建築の有難みを感じる」と始まる。続けて「それらは必ず母屋《おもや》から離れて、青葉の匂や苔の匂のして来るやうな植ゑ込みの蔭に設けてあり、廊下を伝はつて行くのであるが、そのうすぐらい光線の中にうづくまつて、ほんのり明るい障子の反射を受けながら瞑想に耽り、又は窓外の庭のけしきを眺める気持は、何とも云へない」とあり、「分けてもあの、木製の朝顔に青々とした杉の葉を詰めたのは、眼に快いばかりでなく些の音響をも立てない点で理想的と云ふべきである」ともある。もしかすると、建築家はこんな厠を造ろうとしたのかもしれない。

昔風の厠もさることながら、谷崎が『陰翳礼讃』で賛美したのは本の題が示しているとおり日本建築のほの暗さとそのほの暗さを生み出す蠟燭《ろうそく》や灯明のほのかな明りだった。庭に敷かれた砂やそこに配置された石や庭木に当たっていったん反射された昼間の陽光が、深い庇をくぐり、広い廊下を横切って、ようやく書院の脇の窓にたどり着いたときには、「もはや物を照らし出す力もなくなり、血の気も失せてしまつたかのやうに」障子の紙の色を白々と際立たせている、あの薄ら明りをほめ、そうした家の奥の部屋のもはやまったく光の届かない暗がりの中で、どこからさしてくるのか、わずかな光を受けてしずまる金屏風や漆器の蒔《まき》絵《え》や衣裳の金襴を、さらには「灯に照らされた闇」そのものをたたえた。

その一方で、谷崎はピカピカ光る冷たいタイルを貼った西洋便所を敬遠し、明るすぎる電灯の照明をたしなめている。たしかに谷崎は何でもかんでもきれいに磨きたてて明るくせずにはおかない西洋流をさげすんでいるかのようである。『陰翳礼讃』を読んだ人が、新居の設計を頼まれた建築家のように谷崎とはそんな嗜好の人であると思ったとしても不思議はない。

しかし、『陰翳礼讃』を注意深く読むなら、ことは日本か西洋かという単純な二者択一の問題ではないことがわかる。ここで谷崎は、まず陰翳に敏感で闇を重んじた日本の文化がそれ自身の中から近代化をなしえなかったことを嘆いている。その結果としてヨーロッパやアメリカという外国の近代文明を受け容れざるをえなかったことを悔やんでいる。しかし、それを日本の避けがたい宿命として認めたうえで日本古来の陰翳の文化を西洋のもたらした文明の利器に生かす工夫を試みている。

たとえば照明。電灯が気に入らないといっては古道具屋から古い石油ランプや有明行灯《あんどん》や枕行灯を探してきて、それに電球をとりつける。たとえば暖房。ストーヴがイヤだといっては座敷に大きな炉《ろ》を切って電気炭を埋めこむ。そのほかにも浴室、厠。

谷崎が改良を試みているのは照明や暖房や浴室や厠というどれも生活の細部であるが、問題はそこだけにとどまらない。谷崎はここで古来の日本文化と外来の西洋文明、いわば心と物を融合させようとしているのである。新居の設計を依頼された建築家が誤解したように、西洋文明が生み出した電灯やストーヴやタイル貼りの浴室や水洗トイレをむやみに排斥しているのではない。

6

では、なぜ谷崎は日本文化と西洋文明を融合させようとしたのか。古い行灯に電球をつけたり、囲炉裏《いろり》に電気炭を埋めたりしたのか。その答えは、明治以降、日本人は生活の面ではどんどん西洋風になってゆくのに対して、心は相変わらず昔のままという二重生活をしいられてきたからである。時の政府はそれを和魂洋才《わこんようさい》と称して推奨さえした。しかし、和魂洋才といってみたところで居心地の悪いものは悪い。肌に合わないものは合わない。

『陰翳礼讃』の中に障子の話がある。谷崎の趣味からするとガラス戸にはしたくないのだが、紙の障子だと採光や戸締りにさしつかえる。そこで仕方なく内側には紙を貼って外側をガラス張りにした。ところが、できあがったものは外から見ればただのガラス戸であり、内から見ても外にガラスがあるから紙障子のふっくらとした柔らかみに欠け、かえってイヤ味なものになってしまった。費用もかさむし、これならただのガラス戸にした方がよかった。たとえていうなら明治以降の日本はこの外がガラスで内が紙の障子を張りめぐらせているようなものであって、その居心地の悪さ、イヤ味なところはそのまま日本の近代の居心地の悪さであり、イヤ味である。

近代の日本人は誰でもこの居心地の悪さをなめさせられてきた。坪内逍遥《つぼうちしようよう》も二葉亭四迷《ふたばていしめい》も夏目漱石《なつめそうせき》も森鷗外《もりおうがい》も永井荷風《ながいかふう》も、そして、谷崎もそうだった。古い日本と新しい西洋、心と物をどう調和させるか、これこそが近代日本文学の最大の関心事だったのであり、文学作品は小説にしても詩歌にしてもこの問いに対する苦々しい回答であった。この問いに答えなければまともな文学者とは認められなかった。

その中で谷崎の回答は単純にみえて実は大変、複雑である。『陰翳礼讃』には日本人の肌の色について書いた部分がある。「日本人でも彼等(西洋人)に劣らない夜会服を著け、彼等より白い皮膚を持つたレディーがゐるが、しかしさう云ふ婦人が一人でも彼等の中に交ると、遠くから見渡した時に直ぐ見分けがつく」という。というのは「日本人のはどんなに白くとも、白い中に微かな翳《かげ》りがある。そのくせさう云ふ女たちは西洋人に負けないやうに、背中から二の腕から腋の下まで、露出してゐる肉体のあらゆる部分へ濃い白粉《おしろい》を塗つてゐるのだが、それでゐて、やつぱりその皮膚の底に澱んでゐる暗色を消すことが出来ない。ちやうど清冽な水の底にある汚物が、高い所から見下ろすとよく分るやうに、それが分る。殊に指の股だとか、小鼻の周囲だとか、襟頸だとか、背筋だとかに、どす黒い、埃の溜つたやうな隈が出来る。ところが西洋人の方は、表面が濁つてゐるやうでも底が明るく透きとほつてゐて、体ぢゆうの何処にもさう云ふ薄汚い蔭がささない」。

私などは血の色の透けてみえる白人の透明な肌よりは東洋人の滑らかな肌や黒檀《こくたん》のような黒人の肌がよほど好ましく思えるから、ここで谷崎が書いていること、中でも日本人の肌にある「翳り」を「清冽な水の底にある汚物」とか「どす黒い、埃の溜つたやうな隈」とか「薄汚い蔭」などといっているところを読むと、日本人に生まれ、西洋人にはなれない谷崎の絶望と屈折をまざまざと見せつけられるようで愕然《がくぜん》とするばかりである。

ところが、ここから先が谷崎の谷崎たるところであるが、西洋と西洋人への永遠に阻まれた憧れを、それと同じくらい到達困難な遠い昔の日本という別の幻へと百八十度転換させる。そこに登場するのが『陰翳礼讃』でほめたたえている昔風の厠である。

ただ注意しなければならないのは、谷崎がいくら遠い昔の日本を賛美するといっても西洋への憧れから解き放たれたわけではないということである。むしろ遠い昔の日本への憧れは叶えられることのない西洋への憧れの身代わりにすぎない。谷崎の心の中では西洋への憧れがいつまでも癒《いや》されぬ傷となってうずいている。

伊吹氏の例の著書には「総じて先生は、実生活では何につけても極めてモダンで、清潔で、明るく近代的であることを望んでおられた」とある。清潔で明るいタイル貼りの水洗トイレこそ谷崎が本当に欲しがっていたものだった。

日本人でありながら西洋人に憧れる。近代人でありながら古い日本に憧れる。日本橋生まれの江戸っ子でありながら関西を賛美する。男でありながら女を崇拝する。この折り重なるいくつもの二律背反こそが谷崎の作品をいやがうえにも味わい深いものにしている。

7

谷崎が昭和八年（一九三三年）に『陰翳礼讃』を書いてから十八年後のことである。昭和二十六年（一九五一年）、日本を訪れていた彫刻家イサム・ノグチは岐阜市に立ち寄り、岐阜提灯《ちょうちん》をいくつかデザインした。岐阜提灯といえば先が透けて見えるほどの薄手の紙に草花を描いて竹の骨に貼ったもので、夕暮れに灯を入れると草花の絵が浮かび上がってなかなか風情がある。

イサム・ノグチがこのとき、デザインした岐阜提灯はかなり風変わりなものだった。わざとデコボコをこしらえた竹の骨に白い美濃紙を貼った新しいその提灯は灯が入るとはかなげでユーモラスな姿がほんのりと闇に浮かび、さながら光の彫刻だった。天井からぶら下げるものもあれば、針金の細い足で覚束《おぼつか》なげに床に立っているのもあった。この光の彫刻は「あかり」と名づけられる。

「あかり」は畳の間はもちろん、うまい具合に洋間にも調和するから、今では日本国内ばかりか海外でも光のインテリアとして売られている。外国のホテルやレストランで見かけることも少なくない。谷崎は昭和四十年(一九六五年)に七十九歳でなくなるから、生前、どこかで「あかり」を見ていたかもしれない。何十年も昔、散々探し求めた日本座敷にふさわしい電灯がこともなげにそこにあるのを見て何と思ったろうか。

イサム・ノグチは日本人の詩人野口米次郎《よねじろう》とアメリカ人のレオニー・ギルモアの子として明治三十七年(一九〇四年)、ニューヨークで生まれた。ジョン・ポーソンの台所にしてもイサム・ノグチの「あかり」にしても、古きよき日本は失われてから百年以上たって外国の血によってふたたび見出されたことになる。

和紙をもて明りをつつむ霜夜かな　櫂

第七章　時間

1

花のうへに浮ぶや花の吉野山　　櫂

会社を辞めてからというもの、春の花見、秋の月見が恒例になった。花見は毎年、郷里の母を誘って家族で吉野の花を眺めることにしている。一方、月見の方は場所をどこと定めず、その年その年そのところどころの俳句の仲間と集い合って月を眺めることにしているのだが、新潟との縁が深くて一昨々年《さきおととし》、一昨年《おととし》は加茂の雙璧寺、昨年は岩室温泉であった。

月光の固まりならん冷しもの　　櫂

今年の月見はすでに去年のうちに近江舞子《おうみまいこ》の宿が押さえてあって新潟を離れることになる。琵琶湖の西岸のそのあたりでは、はるか伊《い》吹《ぶき》山の方から上る仲秋の名月が湖の面に姿を宿す。その宿は沖に魞《えり》を建てているから波風が穏やかな夜であれば湖水に魞舟を浮かべて月を眺めるという贅沢もできるらしい。魞というのは古くから琵琶湖に伝わる竹で組んだ定置網のようなものである。

月といえば、

月みればちぢに物こそかなしけれわが身ひとつの秋にはあらねど　大《おお》江《えの》千《ち》里《さと》

なげけとて月やは物を思はするかこち顔なるわが涙かな　西　行

という古歌がすぐ浮かぶが、月を眺めながら憂愁にふけるのは時代の下った平安、鎌倉の発想であって、はるか昔の月見はもっとほがらかなものではなかったろうか。

月ごとに見る月なれどこの月の今宵の月に似る月ぞなき　村上天皇

あかあかやあかあかあかやあかあかやあかあかあかやあかあかや月　明《みよう》恵《え》

かすがの　に　おしてる　つき　の　ほがらかに
あき　の　ゆふべ　と　なり　に　ける　かも　会《あい》津《づ》八《や》一《いち》

村上天皇は平安時代半ばの名帝、明恵は鎌倉時代初期の名僧、八一は近代の歌人であるが、どの歌も太古の月見のほがらかさをよく伝えている。

2

花といえば春、月といえば秋というように日本語にはその言葉が直接示すものばかりでなく、それを愛でる季節まで表わす一群の言葉があって、これが季節の言葉、略して季語と呼ばれるものである。その季語を集めた本が歳時記である。歳時記は古くは旧暦に従って編まれたが、今から百三十年前、明治六年（一八七三年）に明治新政府が西洋諸国に合わせて太陽暦を採用してからは新暦の太陽暦に沿って編纂されるようになった。

明治政府は旧暦の明治五年十二月三日を新暦の明治六年一月一日と改めた。もっとも明治四十二年（一九〇九年）まで三十七年間は官報には新暦と旧暦を併記することを怠らなかったが、ともかく明治六年を境にして日本の暦は月の暦から太陽の暦に改まったことになる。

ただここで注意しておきたいのは、旧暦というと太陰暦すなわち月の暦と思っている人が多いが、厳密にいえばこれは誤りであって旧暦は太陰太陽暦である。太陰太陽暦とは月の暦を太陽の暦によって修正したものである。純粋な太陰暦の一年十二か月は地球の公転周期よりも約十日間短い。これだと、月と年が次第にずれることになる。そこで、太陰暦の十二か月の間に適宜に閏月《うるうづき》を入れて一年を太陽暦の一年に近づけた暦が旧暦の太陰太陽暦である。

日本の暦は明治六年を境にして月と太陽の暦から太陽だけの暦に改まったといえばより正確になるだろう。

では、太陽暦に切りかわった明治六年以降、月の暦は滅んでしまったか、月の暦による行事は廃止されてしまったかというと決してそんなことはなくて、明治六年以降も月の暦は隠然として存在し、月の暦による行事も相変わらずにぎにぎしく営まれ続けた。明治六年以降三十七年間もお上が新旧二つの暦を官報に併記していたということが何よりの証拠である。

七夕のなかうどなれや宵の月　貞《てい》徳《とく》

七夕はもともと旧暦七月七日の行事である。旧暦の日付は月齢そのままであるから旧暦時代の七夕の夜には貞徳の句のとおり必ず月齢七日の夕月が空にかかった。ところが、明治六年の改暦以降、月々の日付は月齢と対応しなくなる。そこで、平塚のように新暦七月七日に行なうところもあれば、仙台のように月遅れで行なうところもでてきた。

この月遅れの七夕は、本来なら旧暦七月七日に行ないたいのだが、旧暦七月七日が新暦上では毎年日付が動いて不便であるために仕方なく月遅れで行なっている、いわば便宜上の旧暦である。旧暦は新暦より平均ひと月遅れるから当たらずとも遠からずというわけである。

同じようにお盆もひと月遅れで行なうところが多く残っているし、正月となると今も昔どおり立春前後の旧暦一月一日に旧正月が祝われている。

旧暦の行事を新暦で行なうか、月遅れで行なうかはところによって差がある。だいたい政府のお膝元の東京やその周辺では役人が大勢住んでいるから政府の方針どおり新暦で行なうところが多く、東京から離れるほど月遅れ、あるいは旧暦のままで行なっているところが残っている。改暦以降の日本は、太陽に照らされている大通りは新暦で人や車が動いているが、ちょっと路地にまぎれこむと家々が今も旧暦のまま月の光を浴びて寝静まっている、そんな町に似ている。

いずれにしても、明治六年の改暦以降も大空を太陽と月がめぐっているように旧暦が新暦とともに行なわれてきたことになる。歳時記は生活の反映であるから歳時記の中には新暦の行事と旧暦の行事が入り交じっている。いいかえると、歳時記の中には太陽の時間と月の時間という二つの異なる時間が流れている。そう、長い間、思ってきた。

3

ところが、歳時記には旧暦の時間と新暦の時間のほかに実はもう一つ別の時間が流れていることに最近、気がついた。

歳時記をひもとくと、満月の夜の行事がいくつか載っている。すぐに思い浮かぶのは旧暦八月十五日の仲秋の名月である。

十五夜の雲のあそびてかぎりなし　　後藤夜半《やはん》

それに小正月。

暖かく暮れて月夜や小正月　　岡本圭岳《けいがく》

小正月は十五日正月ともいわれるように旧暦一月十五日の行事である。前日の一月十四日を年越しの夜として繭玉などを飾り、明けて十五日の正月に小豆粥を頂いて祝う。京都大阪など上方では昔は女正月とも呼んでいた。

この小正月も仲秋の名月も今では漠然と旧暦の行事であると思われているが、そうだとすればおかしなことがある。というのは、旧暦の太陰太陽暦はたしかに月の満ち欠けを基準にした暦であるが、旧暦が月の節目にしていたのは新月、月の欠けてしまった闇夜であった。

新月から一日、二日、三日と数え始めて次の新月で終わるのが旧暦のひと月である。旧暦一月一日、旧正月は年の初めの新月の行事だった。

これに対して、満月の行事である小正月や仲秋の名月はもともと旧暦にはない行事である。では、この二つはなぜ祝われるようになったかといえば、どちらも旧暦以前の太古の暦の名残なのである。太古の暦といっても旧暦や新暦のように文字で記録された暦ではなく、文字をもたない当時の日本列島の人々の間で使われていた不文の暦である。

推古天皇の十二年（六〇四年）に新月を基準とする旧暦が中国から伝えられた。そのはるか昔から日本列島の人々の間では満月を基準とする暦が使われていた。なぜ満月の暦が使われていたかといえば、新月よりも満月の方が誰の目にも明らかだからである。旧暦は高度な天文学の賜物《たまもの》であるが、満月は見ればわかる。書き記す必要もないから文字がなくてもさしつかえない。

月は明るい満月の夜に誕生するのか、それとも、暗い新月の夜に生まれるのか。この違いは単に時間の区切りの問題であるだけでなく、宇宙観の相違でもあるだろう。この世界は明るい夜に生まれた月に司られているか、それとも、暗い夜に生まれた月に支配されているのか。この違いこそが太古とそれ以降の境界線でもあるだろう。

太古の日本では、ひと月は満月から始まって次の満月で終わった。小正月も仲秋の名月もその時代の月の節目を祝う行事だった。一年もまた満月から始まって満月で終わった。太古の一年の初めの満月が小正月だったのである。

そういえば、仲秋の名月を芋正月と呼び、今でも米ではなく芋や栗を供える風習があるのは十五夜の月見は稲作が伝わる以前、芋や栗を主食としていた時代の収穫祭でもあったからだろう。太古の日本列島の住人たちは仲秋の名月の夜にその秋に収穫したばかりの芋や栗を月に供えて収穫を感謝した。

小正月と仲秋の名月の由来を知ったうえで、もう一度、歳時記を眺めるとさらにいくつかのことに気がつく。

お盆は仏教の行事である。盂蘭盆《うらぼん》を略してそう呼ぶが、この盂蘭盆という行事は『盂蘭盆経』というお経に書かれているある物語をもとにして始まった。その物語というのは釈迦の十大弟子の一人である目蓮尊者《もくれんそんじゃ》が自分の母親が死後、餓鬼道に落ちて苦しんでいることを知り、夏の安居《あんご》の最後の日に供養をして母親を餓鬼道から救ったという孝行話である。

安居とはインドの夏の雨季の間、僧侶たちが寺にこもって修行することで、この期間は太陰暦四月十六日から七月十五日までの九十日間とされていた。目蓮が母親のために供養をした安居の最終日とは七月十五日であり、これがのちにお盆の営まれる日となった。

此《この》月の満つれば盆の月夜かな

高浜虚子

お盆は今では太陽暦七月十五日か月遅れの八月十五日に営まれるが、旧暦時代には七月十五日に営まれていた。旧暦では七月から秋であるから、お盆はその年の秋最初の満月の夜の行事であったことになる。

太古の暦では一年は旧暦一月十五日の小正月から始まるから旧暦七月十五日はちょうど一年の半分、折り返し点に当たる。しかも、この日は秋の初めの日でもあった。そこで太古の日本では七月十四日から十五日にかけての満月の夜に、一年の初めである小正月に匹敵する先祖を祭る盛大な行事が行なわれていた。この秋の初めの満月祭に中国から渡来した仏教行事であるお盆がうまい具合に重なり合ったということが想像されるのである。

お盆の八日前、旧暦七月七日の七夕もまた日本古来の七夕の行事に中国から伝わった乞巧《きっこう》奠《でん》という星祭が重なって今の七夕ができあがった。乞巧奠は牽牛《けんぎゅう》織女の二つの星に女たちが裁縫や習字の上達を願う行事であるが、日本古来の七夕は人身御供の若い女が水の上に張り出した棚の上で機を織りながら水上を渡ってくる神を待つ禊《みそぎ》の行事であった。太古の日本で行なわれていた七夕は八日後の満月祭に備えて身を清める行事だったのである。

釈迦が入滅した日とされる旧暦二月十五日の涅槃会《ねはんえ》も満月である。

美しき印度の月の涅槃かな　阿波野青畝《あわのせいほ》

この涅槃会もまた太古の満月の行事に仏教の行事が重なって広まったのではなかろうか。小正月、涅槃会、お盆、仲秋の名月という歳時記に散らばっている満月の行事はいずれも旧暦が伝わる以前、日本列島で使われていた満月の暦の痕跡である。歳時記には太陽の時間、新月を節目とする月の時間のほか、さらに満月を節目とする月の時間という三つの時間が今も流れているわけである。歳時記は生活の反映であるから、日本人の生活の中にもこの三つの時間が流れているはずである。

4

日本人の生活の中には太古の暦と旧暦と新暦という三つの時間が流れていると考えるようになったのにはあるきっかけがあった。

平成十年（一九九八年）のある日、東京大学先端科学技術研究センターの橋本毅彦《はしもとたけひこ》教授から「来年春から一年間、京都の国際日本文化研究センターで日本人の時間意識についての共同研究をするのでメンバーになっていただけないか」という連絡をもらった。学者や研究者の集まる研究会で俳人にできることが何かあるのだろうか。そんな質問をすると、橋本先生いわく、「毎月の会合に出席して俳人という立場から意見や質問を出してもらいたい。そして、できれば歳時記に流れている時間というようなテーマでレポートをして欲しい」。

日本人の時間意識が近代化によってどう変貌したか、もっと平たくいえば、日本人はどのようにして「時間を守る」「遅刻してはいけない」さらに「時は金なり」という近代的な時間意識をもつようになったか、というのがこの共同研究のテーマであるらしい。小学生のときから遅刻の常習者であり、「時は金なり」なんて夢にも思ったこともない人間にとってはなかなか味わい深いテーマである。

「歳時記の中には日本が近代化される前の日本人の時間についての感じ方や考え方が残されている。歳時記とはそんなタイムカプセルのようなものではありませんか」。つまり、私が前近代的な人間であることを見越した上での依頼のようである。

というわけで翌平成十一年（一九九九年）春から毎月、泊まりがけで京都西郊の山中にある日文研に通うことになった。研究会には毎回、全国の大学や研究機関から二十人ほどの研究者が集まり、二日間かけて四、五人がレポートする。鉄道、雇用、余暇、女性問題、機械、時計、江戸文学、近代文学、医学、都市等々、さまざまな専門分野からみた日本人の時間意識の変遷についての発表があった。この共同研究の内容はのちに『遅刻の誕生』（三元社）という本にまとめられた。

共同研究に参加した平成十一年春から十二年春にかけて、私はまだ新聞社勤めをしていたので毎月、京都で開かれる研究会に出席するには、その都度、会社の許可を得なければならなかった。新聞社の仕事とは直接には関係のないことなのでちょっと肩身が狭い。こうして月一回、東京を離れて京都に向かう。新聞社であるから職場ではそれこそ毎日、分単位の時間に追われているが、共同研究に集まる研究者たちの間にはもっと大きな目盛りの時間がゆっくりと流れていた。思えばこの二つの時間の体験が歳時記に流れている三つの時間について考える遠因であったかもしれない。

さて、どの神話でも時間を生み、暦によって時間を司るのは神である。もし古い神と新しい神が争って古い神が破れれば古い神の時間は新しい神の時間に取って代わられる。これが改暦である。ところが、日本では明治六年の改暦の際にはそれまで千三百年近く使われてきた月の暦があっけないほどすんなりと太陽の暦に切りかわってしまった。

『遅刻の誕生』に収められている、同志社大学大学院文学研究科研究生であった川和田《かわわだ》晶子《あきこ》さんの論文「明治改暦と時間の近代化」にも書いてあることだが、福沢諭吉は「太陽暦には閏月が無いため、経営上の損失が少なくて済む」という論を立てて改暦を後押しした。旧暦では五年に二回の割合で一年が十三か月ある閏年がめぐってくる。この閏年には会社の社長は従業員の給料を十三回払わなくてはならないが、太陽暦だと閏月がないので一年はいつでも十二か月、給料も十二回でいいという話である。改暦について福沢でさえそれくらいの認識だった。

明治六年、旧暦は太陽暦に切りかえられたが、それまで使われていた旧暦と太古の暦に新たに太陽暦が加わっただけのことだった。こうして、三つの水流が一つに合わさって流れるように三つの時間が流れはじめた。

5

日本人の生活の中を三つの時間が流れているということを空間に引き写すならば、日本のどの町や村にも神社がありお寺があり教会があるようなものではなかろうか。日本人は正月には神社に初詣でをし、教会で結婚式をあげ、お寺で葬式をしても何のやましさも感じなければ矛盾しているとも思わない。むしろ、この神々や諸仏の分業体制を当然のことと思っている。せいぜい時折、我ながら身勝手なものよと嘆息するくらいのことだろう。

こうしたことがいともたやすくできてしまうのは日本人がもともと八百万《やおよろず》の神々を祭る

人々であったからである。仮にユダヤ教やキリスト教やイスラム教のような一神教の国であれば、神は自分以外の神を認めず、もし別の神が現われれば滅ぼそうとする。その結果、勝てば敗れた神を根絶やしにするし、逆に敗れれば根絶やしにされる。

ところが、八百万の神々はこれといった摩擦もなく分業体制をとりながら、この国の野山のあちこちに鎮座している。互いに争うこともあるが、相手を根絶やしにすることなど滅多にない。それどころか、敗れた神をふたたび神として祭ることさえある。大和の神々に敗れた出雲の神々はふたたび大いなる神として崇《あが》められた。藤原時平《ときひら》の姦計《かんけい》に陥れられ、大宰府に追放されて憤死した菅原道真《すがわらのみちざね》は朝廷によって天神として祭られた。明治政府に敗れた西郷《さいごう》隆盛《たかもり》は明治政府によって英雄としてたたえられた。寛容といえば寛容、いい加減といえばいい加減。

この八百万の神々への信仰が複数の宗教を何のやましさも感じることなく受け容れるのを可能にしているのと同じように、複数の時間を受け容れる土壌ともなった。会社や学校、電車や飛行機など表向きは太陽暦で動いているものの、奥向きには旧暦や太古の暦が今なおどっしりと根を下ろしている。この入り組んだ時間の流れの中で暮らしていて何の不都合もないどころか、不思議とさえ思わないのが不思議でならないなどというとかえって不思議がられる。

しかも、太陽の時間と二つの月の時間を日本人はさながら電車を乗りかえるように自在に乗りかえながら生活しているのではなかろうか。複数の時間が共存するということは、そのときどきにどの時間に沿って行動するか、その選択権が人間の手に与えられているということでもある。日本は時間の選択制をとっている社会なのである。だからこそ、正月は太陽暦で祝っても、お盆は月遅れで営む。昼は太陽暦に従って会社で働いたあと、夜は太古の暦にまぎれこんで仲秋の名月を眺めることができる。

6

新しいものが生まれても古いものが消え去ることなく残る。注意して眺めなおすと、神仏や時間ばかりではなくこうしたものが日本という国にはいくらもある。すぐ思い浮かぶのは短歌である。短歌の前身である和歌は近世の初めに俳諧の発句、のちの俳句の出現によって乗り越えられてしまった。しかし、消滅することなく今なお盛んに詠まれている。こうして、日本の詩歌は型式を増やし、いいかえると詩歌を詠もうとする人にとっての選択肢を増やしてきた。

仮名遣いもその一つである。日本語の仮名遣いは昭和二十一年(一九四六年)、内閣告示によって新仮名遣いに改められた。だからといって、旧仮名遣いがなくなってしまったわけではない。半世紀後に書かれた丸谷才一《まるやさいいち》の『輝く日の宮』は大半が旧仮名遣いであるが、多くの人々が何の抵抗感もなくすらすらと読める。

短歌は今では新仮名で書く歌人が多いのではないかと思うが、俳句は旧仮名で書く俳人の方が多い。私自身は文章は新仮名、俳句は旧仮名と使い分けているが、ときどき、なぜ俳句はいまだに旧仮名遣いなのかと尋ねられることがある。質問者の気持ちを推測すれば、なぜ滅びてしまった旧仮名で書くのか、なぜわざと古めかしくするのかということだろう。

しかし、旧仮名は滅んだのでもなければ、俳句は滅びた仮名遣いで書かれているのでもない。敗戦後の新仮名遣いの採用は仮名遣いの選択肢、それもあまり芳しくない選択肢を一つ加えただけのことなのである。旧仮名は新仮名とともに今もなお生きている。旧仮名がもし死んでいるように見えるとすれば、ただ眠っているだけなのである。眠っているからときどき目を覚ます。

こうしたところにも八百万の神々を祭ってきた日本人の精神構造が作用しているのではなかろうか。

7

日本人は季節感の豊かな国民であるとしばしばいわれてきたが、昔はいざ知らず、昨今の日本人の暮らしぶりをみれば空々しいお世辞というほかはない。当の日本人自身も自分たちは季節に敏感な国民であると今なお思いこんでいる節があるが、失われてしまったものにまだ気がついていないだけのことである。

日本人の季節感が次第に平板になってきたのは、科学技術の進歩によって冷暖房が普及し、野菜が一年中食べられるようになったからであるなどとよくいわれるが、一つには明治六年の改暦が大いに影響していると思う。明治改暦は日本人の季節感を根底から揺さぶる大事件だった。それなのに日本人が平然としていられたのはその重大さに気づかなかったからであり、気づいていたとしても季節感などどうなろうが、日本の近代化という国家の一大事に比べれば些細な代償と思っていたからである。

明治改暦による最大の変化は新暦の月のめぐりは旧暦よりひと月早まるために、江戸時代まで千年以上にわたって続いてきた月ごとの季節感と年中行事が混乱してしまったことである。

旧暦時代、春は一月から三月、夏は四月から六月、秋は七月から九月、冬は十月から十二月という具合に一年十二か月が四季によってきれいに四等分されていた。細かくみれば、立春の前後に一月一日がめぐってくるよう暦が調整されていた。同じように立夏前後に四月に入り、立秋前後に七月が始まり、立冬前後には十月が来るようになっていた。この十二か月のめぐりに沿って二十四節気と年中行事が水が流れるように整然と並び、こうした時間の地図の上で日本人の季節感が育まれた。

今、一年の要である暮れから正月にかけての流れを眺めてみると、旧暦では十一月（霜月《しもつき》）の冬至を過ぎるとやがて十二月（師走《しわす》）が始まり、寒に入る。寒の内が旧暦の暮れである。そして、大晦日《おおみそか》、明けて元旦、その前後に節分、寒明け、立春が順にめぐってくる。さらに、七種《ななくさ》、小正月と続く。正月は文字どおり初春《はつはる》であった。

ところが、明治改暦以降は十二月（師走）も押し詰まって冬至とクリスマスがあり、すぐに大晦日、元旦。その後、寒に入るので立春は新年から一か月もあとの二月初めにめぐってくることになる。正月を初春とはいってもこれから寒を迎えるのであるから正月の季節感などあったものではない。

一年のもう一つの節目であるお盆に目を転じると、まず夏の最後の月である六月（水無月《みなづき》）の晦日に夏越《なごし》の祓《はらえ》があり、翌日から七月（文月《ふみづき》）、立秋、七日の七夕があって十四日が迎火《むかえび》、十五日のお盆となる。七夕もお盆もまことに初秋の行事だった。

これも太陽暦にかわると、まだ梅雨の最中の七月七日に七夕、十四日に迎火、十五日にお盆、ややあって七月晦日に夏越の祓、立秋と、これはもう無茶苦茶というほかはない。月遅れの七夕、お盆はこの理不尽に対するささやかな抵抗であった。

睦月《むつき》、如月《きさらぎ》、弥生《やよい》、卯月《うづき》、皐月《さつき》、水無月、文月、葉月《はづき》、長月《ながつき》、神無月、霜月、師走という昔ながらの月の呼び名も改暦によってそぐわないものになってしまった。これをそのまま太陽暦の月に当てはめれば、五月雨月《さみだれづき》の皐月は五月となり、水無月は水がないといいながら長雨の六月である。そこで、この月の名も月遅れで使えば季節感とのずれはなくなるが、もっと奇妙な問題が出てくる。師走が何と一月になってしまうのである。これはおかしい。仕方なく師走だけは月遅れではなく十二月に当てる。と、今度は十二月には霜月と師走という二つの名が当てられ、逆に一月は呼び名がなくなることになる。万事休す。

二十四節気もまた改暦以降は忘れられがちになってしまった。立春、雨水《うすい》、啓蟄《けいちつ》、春分、清明《せいめい》、穀雨《こくう》と続く二十四節気は太陽の高さによって一年を二十四等分する節目である。旧暦時代はこの二十四の節気が立春からは春、立秋からは秋というように季節の移り変わりを知る節目になっていた。しかも新年は立春前後にめぐってくるようになっていたから年の初めは二十四節気の初めでもあった。そこで一月は春、四月は夏、七月は秋、十月は冬の到来を告げる月でもあった。旧暦時代の人々はまだ寒くても年が明けて一月になれば春であり、まだ暑くても七月になればもう秋であるとはっきりと意識していた。

ところが、太陽暦にかわって立春と新年が一か月ずれたために、二十四節気は十二か月のかげに埋没してしまうことになる。その代わりに暑さ、寒さという皮膚感覚だけに頼った季節感が広まることになった。二十四節気の節目が薄れたために暑さ、寒さだけで季節を区分せざるをえなくなってしまったのである。

今の日本人にとって、春は三月の春分から五月のゴールデンウィークまで、夏は七月の梅雨明けから八月の夏休みの終わりまで、秋は九月の秋分から十一月まで、冬は十二月と一月である。その間の二月、五月、九月はどちらともいえる月であり、六月は夏にはちがいないが雨が降り続くから大きな声では夏といえない。では何かといえば梅雨というしかない。そんな風に感じているのではないだろうか。

旧暦時代には春夏秋冬それぞれの季節の中に寒暖の落差があった。春はまだ肌寒い立春から始まり、秋は暑い盛りの立秋から始まっていた。心地よい今の五月も長雨の六月も炎天の七月も夏だった。ところが、今ではこのうち七月と初秋の八月を暑いというだけのことで夏と呼んでいる。暑い季節が夏、寒い季節が冬、その間の過ごしやすい季節が春と秋というわけである。これでは日本人の季節感はこの百年間にすっかり平板になってしまったといわれても仕方あるまい。

あききぬとめにはさやかに見えねども風のおとにぞおどろかれぬる　藤原敏行《としゆき》

秋たつや何におどろく陰陽師《おんみようじ》　蕪村

秋きぬと目にさや豆のふとりかな　大江《おおえ》丸《まる》

『古今集』秋の部の巻頭の敏行の歌は「秋たつ日によめる」という詞書《ことばがき》がある。日本人の細やかな季節感の例証として必ず引き合いに出される歌である。続く二句は敏行の歌の俳諧風パロディだろう。大江丸の方は秋の訪れは目には見えないというけれど、莢豆《さやまめ》が太ってきたのを見れば明らかというのである。どれもまだ夏のような暑さが続いているが、その暑さの底にかすかな秋の気配を探り出した旧暦時代の歌であり句である。

明治改暦から百年以上たった今も旧暦のもとで月のめぐりに従って流れるように並んでいた年中行事は乱れたままであり、太陽暦に沿った年中行事はいまだに整っていない。

第八章　習う

1

俳句を始めるに当たっていちばん大事なことは師を選ぶことである。しかし、ちょっと考えればわかるとおり、これほど難しいことはない。師を選ばねばならないのは初心者であるが、初心者には師を選ぶ力がまだない。ないからこそ初心者なのである。つまり俳句の初心者は師を選ぶ力がないのに師を選ぶという矛盾した無理難題をまず突破しなければならない。当然のことながら勘と運が大いにものをいう。こういってよければ当たり外れがあるということである。

飴山實《あめやまみのる》という人は昭和元年（一九二六年）に石川県小松市で生まれ、戦時中に金沢の第四高等学校に入り、戦後、京都大学農学部に進んで発酵醸造学を専攻した。なぜ醸造学かといえば家が小松の醬油醸造家であったので、このころはまだ家業を継ぐつもりがあったのだろうか。しかし、卒業後は学究の道を歩み、いくつかの大学で応用微生物学研究の礎を築き、やがて酢の世界的権威として知られるようになった。四十代の初めに山口大学教授となってからは山口の町が気に入り、ここに終の栖を定めた。

細菌や酵母菌という最小の部類に入る生命を相手にする仕事である。あるとき、こんな話を聞いた。日本人は清潔好きで何でもかんでも清潔にしておかないと気がすまない。無菌状態こそが清潔であると思っているから、除菌、滅菌、抗菌という言葉をつければそれだけで商品が売れる。ところが、ここに大きな罠があって、もしも無菌状態の俎板に有害な細菌が一個でもつくとまたたく間に増殖して俎板全体にはびこってしまう。ふつうの俎板であれば先住者の雑菌がいるのでそう簡単には増えることはできない。何の役にもたたないと思われている雑菌が実は大変役立っている。人の世はさまざまな人がいてめぐってゆくのであり、無用の俳句にも用がある。学問の話、すなわち世界観であり俳論であった。

もう二十年以上昔になるだろうか、書肆《しょし》山田《やまだ》という出版社から『潭《たん》』という雑誌が出ていて、その第二号に飴山實の俳句がたしか五十句ばかり載ったことがあった。この雑誌も捨ててしまってもはや手もとにはないが、その句のほとんどは平成元年（一九八九年）に出版された四冊目の句集『次の花』に収録されているから、おぼろげな記憶を頼りに抜くとこんな句が並んでいた。

低吟のとき途絶ゆるや菊根分　　飴山　實
烏賊舟は電球《たま》もおぼろに汐《しお》繋《つなぎ》
よもすがら田村をさらふ桜守

雨足のしろがねなせる苗はこび
柿の木の今日は高みにかたつむり
鳰《にお》啼《な》けり近江どの田も燻《いぶ》すとき
葛《くず》もみぢ磧《かわら》も水にいたみたる

「菊根分」という題であったから最初の句が入っていたのはまちがいないが、ほかの句はのちに句集で読んだのを勘違いしているかもしれない。二昔も前のことであるから、そんなことも起こるのである。

この一連の句を読んだとき、これだと思った。一句一句簡潔をきわめながら広々とした世界を包含している。句を読むとやがて句の背後に世界がゆっくりと立ち上がってくる。これは俳句にとって大切なことである。この人に学びたいと思った。

そこで困った問題にぶつかった。ふつうの場合、ある先生について俳句を学びたいと思えば、その先生の主宰する俳句結社に入会すればいい。結社の会員になると毎月、俳句雑誌が送られてくるから投句欄に何句ずつか送って先生の選を受けることができる。毎月、どこかで開かれている句会にも出席できる。

ところが、飴山實は結社をもたない人であった。想像するに結社というものに人生のどこかで深く失望することがあったのだろう。組織を運営し、毎月、雑誌を出すという面倒なことを率直に面倒であると思っていた。そこで、あるとき、思い切ってじかに飴山實に手紙を出して入門を許してもらった。『潭』に載った句を読んでからすでに数年が経っていた。

枝《えだ》蛙《かわず》ひとつ啼きいでひびきあふ　　飴山　實

この句はそのときに詠まれた句ではなかったかと思う。

2

入門はしたものの雑誌もなく句会もない。そのうえ、当の先生は遠い山口である。そこで、毎月、何句か原稿用紙に書いて山口へ送ることになった。十日もしないうちに選をして送り返されてくる。入選の印がついたもの、没のもの、直せばとれるもの。だいたいそんな仕分けである。

今、私の第三句集『果実』を開くと、

穴子裂く大吟醸は冷やしあり　　　　　　　櫂

という句がある。はっきりと覚えているわけではないが、この句は初めは、

穴子裂いて大吟醸を冷やしある

たしかこんな形だった。それが「穴子裂く大吟醸は冷やしあり」と直って帰ってきた。

私はこの直された形がすんなりとは腑に落ちなかった。「穴子裂く」で切れて、これに「大吟醸は冷やしあり」が並ぶわけであるが、この二つがどちらも強烈でなかなか一つに収まらない。とくに「大吟醸は」の「は」が気にかかる。ここは「大吟醸を」とした方がいいんじゃないか。なぜ、こう直すのだろうという疑問と不満が抜けきれない。

そのとき、私はたとえ納得がゆかなくても理解できなくても飴山實という俳人をすべて受け容れようと思った。それが習うということである。違和感を盾にしていちいち拒絶していたのでは何も変わらない。それでは習うことにはならない。ならば、自分を捨てて飴山實になってしまおうと思ったのである。『果実』の中にはこうした句がいくつかある。

今にしてみれば、この二つの形の優劣は明白である。もとの「穴子裂いて大吟醸を冷やし

ある」はせっかく穴子、大吟醸という取り合わせの二つの種を含んでいるのに、「……裂いて……冷やしある」という時間の流れの中に流しこんでしまったためにいかにもメリハリのない句になっている。穴子を裂いて大吟醸を冷やしてある。傍から眺めてそう説明しているだけのことである。これでは散文ではあっても俳句ではない。

ところが、飴山實はこの句の穴子と大吟醸という二つの素材を引き出して「穴子裂く大吟醸は冷やしあり」という押し出しのいい取り合わせの句にした。今、生きのいい穴子を裂いている。それに大吟醸が冷やしてある。裂いた穴子を香ばしい白焼きにして、これを肴《さかな》に昼間から一杯やろうという句である。まるで作者自身が穴子を裂き、大吟醸を冷やしたかのようではないか。傍観者のよそごとの句が友人に対するもてなしの句に変容しているのである。

取り合わせの句ではふつう二つの要素に強弱をつけるが、この句の場合、「大吟醸は冷やしあり」が強、「穴子裂く」が弱であるとしても二つの力はほぼ拮抗している。この一見、滅茶苦茶な句作りがここでは迫力に転じている。「大吟醸は」の「は」はその力の端的な現われであり、「を」がとって代わることはやはりできない。

思えば、初め私は「穴子裂いて大吟醸を冷やしある」という散文の次元に立っていたので、「穴子裂く大吟醸は冷やしあり」という句がよく見えなかった。それが違和感の正体だった。もし、あのまま違和感を盾に拒否し続けていたら、ついに散文の次元から抜け出せなかっただろう。自分を捨てて飴山實と一体になることによって初めて散文の次元から俳句の次元へと進むことができたということになる。

俳句にかぎらず何であろうと習うということは自分を捨てることである。自分という砦に立てこもって受け容れられるところだけ受け容れ、受け容れがたいところは拒むというのでは腕時計やハンカチを取り替えているようなもので、その人自身は何も変わらない。これでは習うことにはならない。

たしかに自分を捨てるということは不安なことである。捨てたあと、どうなるか。無明の闇に沈んだまま二度と浮かんでこないかもしれない。飴山實に呑みこまれたままで終わってしまうこともありうる。後ろをみれば虚子に呑みこまれた人、誰それに呑みこまれた人が山ほどいる。

それを思えば、自分を捨てるには多少の思い切りがいる。しかし、捨てたくらいでなくなってしまう自分などもともと大した自分ではないのである。所詮、それだけのものでしかなかったと諦めればよい。

3

「男の服であれ女の服であれ、私は時間を超える形を追い求めてきた」。ある雑誌のインタヴュー記事でジョルジオ・アルマーニ（Giorgio Armani）がファッションデザイナーとしての人生を振り返ってそう語っていた。

ファッションといえば若い女性のみずみずしい皮膚の上に咲くはかない花のような印象がある。一つの花はつかの間の命を終えると明るいライトを浴びる場所を次の花に譲らねばならない。一時の流行の花は時が過ぎればたちまち流行遅れの花となってふたたび日の目を見ることはない。

ファッションデザイナーとはこの過酷な花園に花の種をまいて仕立てる庭師であって、一つの花が咲くより前にすでに次の次の花の種をまいている。刻々と目まぐるしく変わる流行を創り出す、あらゆる職業の中で最も刹那的な職業であると思っていたから、「時間を超える形を追い求めてきた」というアルマーニの言葉が意外に聞こえたのである。

アルマーニのこの言葉がいかにファッションというものの核心を衝いており、私を含めた世間の思いこみがいかに浅薄な先入観にすぎないかは、アメリカの美術史家であるアン・ホランダー（Anne Hollander）が一九九〇年代半ばにファッションの歴史について書いた『性とスーツ』（中野香織訳、白水社）を読むとよくわかる。この本は、もっともらしい顔をして世間をのし歩いているファッションについての鼻持ちならない俗説を洞察と実証によって次から次に鮮やかにくつがえしてゆく説得力と快感にあふれた名著である。

『性とスーツ』（*SEX and SUITS*）という率直な題が示しているとおり、この本の主題は次の二つである。一つは西洋のファッションをリードしてきたのはギリシア文明の昔から現代にいたるまで一貫して男の服であったということ。もう一つは、最終的な男の服として産業革命時代のイギリスとフランス革命直前のフランスで原型が生まれ、今でこそドブネズミと侮られている情けないスーツが実は最もセクシーな服であるということ。

ファッションときくと、いくつかの華やかな映像を思い出す。トム・フォードがデザインしたグッチの黒いロングドレス、オードリー・ヘップバーンが『麗しのサブリナ』で着ていたジバンシィのドレス、しおれた百合の白い花びらのようにエレガントなディオールのドレス。さらに時代をさかのぼるならば、プルーストが『失われた時を求めて』で描いた女たちがまとっている十九世紀末から二十世紀初頭の古風な、あるいは斬新なドレスの数々、ブルボン王朝の貴婦人たちがその柔らかな身体を埋めていた、すべての帆を張って進む帆船を思わせるドレス。どれも女の服ばかりである。

ファッションとは華やかな女の服だけに起こる浅はかではあるけれども魅惑に満ちた現象であって、男の服は見栄えのしないつけたし、たとえば盲腸のようなものであると、私だけにかぎらずおそらく多くの人が思っているはずである。すでに日本語となってしまったファッションという言葉自体、ふわりと風にふくらんだスカートを思わせる響きをもっていてファッションを女の専権事項ででもあるかのように錯覚させる。

ところが、ホランダーは飛び交う蝶のようなフリルに取り巻かれ、ドレープの波を漂わせ、秘めやかな襞《ひだ》に包まれて着るにも脱ぐにも長い手続きを要する女の衣裳はどれも男の服に手を入れて、ときには手を抜いて作られたものであり、男の服が変形してできた派生品であるという。あくまで男の服こそが西洋のファッションの主流であり、基本形なのである。

十八世紀後半のイギリスとフランスで生まれたスーツは生地を裁断し円筒形に縫製して体と手足をしっかりと包みこむ。しかも伝統的な着方ではスーツの下にはじかにシャツを着てネクタイを締める。下半身はともかく上半身には下着はつけない。スーツを着ていてもいやおうなしに体の線があらわになる。

しかもシャツの上に結ぶネクタイは男根の象徴であるらしい。男性諸士はそうとは知らず、そんなものを自慢気に首からぶら下げて毎日、地下鉄に乗り、街を歩き、デスクに向かっているわけである。女性が恋人や夫にネクタイを贈るという行動にも重大な意味が潜んでいることになるだろう。日常生活の中で何と奇妙な光景が平然と展開されていることか。

ホランダーは、スーツとはギリシア人が雪白の大理石に刻んだ神々や英雄たちの裸体のようにセクシーな服であるという。もちろん、いつだって裸体こそ最もセクシーな格好であるにはちがいないが、スーツは裸体を包みこむことによって逆に裸体を際立たせる服である。男の服は進化の過程で時には虚栄に満ちた過剰な装飾に陥ることがあったにしても大きな流れとしては余計な装飾を徐々に削り落としながらギリシア彫刻のようにシンプルでセクシーなスーツという形にたどり着いたというわけである。

いいかえるならば、男の服の歴史は布で体を包むことによっていかにしてギリシア彫刻の裸体に肉迫するかという課題を研究し続けた歴史であった。二十世紀末にアルマーニが「私は時間を超える形を追い求めてきた」と語っていたのは、このシンプルでセクシーな形へ向かい続けるファッションの流れの中にぴたりと当てはまる。

4

桜花散りぬる風のなごりには水なき空に波ぞ立ちける　紀《きの》貫之《つらゆき》

『古今集』は十世紀の初め、醍醐天皇の命を受けた紀貫之らによって選ばれた最初の勅撰和歌集である。

醍醐天皇の治世は古代の律令体制がもはや機能しなくなり朝廷の力が著しく衰えたうえに、

初めから左大臣藤原時平と右大臣菅原道真の対立という火種を抱えていた。やがて道真が大宰府へ追いやられて非業の死をとげると都では道真の祟りが相次ぎ、天皇自身も病に冒されて譲位したのちに呪い殺されるという散々な時代であったが、どうにか天皇親政の形を保っていた最後の帝であったので、時代が下ると年号にちなんで延喜《えんぎ》の治《ち》という格別の名称を奉られて理想の時代、聖代とたたえられた。

これと軌を一にして、『古今集』もまたのちの世の人々から和歌の聖典と仰がれるようになる。後代の歌人たちはみな『古今集』を鑑《かがみ》とあがめ、手本と仰いで歌の修練にいそしんだ。和泉式部《いずみしきぶ》も『新古今集』の藤原定家も西行も『玉葉集』の永福門院もこうして生まれる。

暗きより暗き道にぞ入りぬべきはるかに照らせ山の端の月　　和泉式部
桜色の庭の春風跡もなし訪はばぞ人の雪とだに見ん　　藤原定家
吉野山やがて出でじと思ふ身を花ちりなばと人や待つらむ　　西　行
暮れにけり天飛ぶ雲の往来にも今宵いかにと伝へてしがな　　永福門院

『古今集』を亀鑑とする和歌の伝統は、千年後に恐いもの知らずの正岡子規が「貫之は下手な歌よみにて古今集はくだらぬ集に有之候《これありそうろう》」と言い放つまで連綿と受け継がれてゆく。

初しぐれ猿も小蓑をほしげ也　芭蕉

『古今集』編纂の七百年後、今度は俳諧の世界でこれと同じことが起こる。芭蕉一門の俳諧が花開いた元禄は聖代とみなされ、蕉門を代表する選集『猿蓑《さるみの》』は聖典として、いわば俳諧の『古今集』として長く仰がれることになる。蕪村らの中興俳諧もここを母胎として起こる。

うつくしき日和になりぬ雪のうへ　太《たい》祇《ぎ》
遅き日のつもりて遠きむかし哉　蕪村
初秋や蚊帳に透きくる銀河《あまのがわ》　嘯《しょう》山《ざん》
望汐《もちじお》の遠くも響くかすみ哉　召《しょう》波《は》
九月尽遥《はるか》に能登の岬かな　暁《きょう》台《たい》
やはらかに人分け行くや勝角力《かちずもう》　几《き》董《とう》

みな芭蕉の五十回忌を機に巻き起こった蕉風復興の主導者であった。『古今』から『新古今』が生まれ『玉葉』が生まれたように、中興俳諧のとりどりの作風も芭蕉に習ううちにおのずから芽吹いたものなのである。

過去に理想の時代があって手本とされる聖典がある。子どもから老人まで聖典を繰り返し読んで、そらんじ、まねることで一歩でも聖典に近づこうとする。手本となる過去こそが未来であり、未来とは過去のことにほかならなかった。和歌俳諧にかぎらず絵も物語も書も芝居もこうして創造されてきた。

5

日本語の「ならう」という言葉には「習」の字のほか、模倣の「倣」の字を当てることがある。習うとはまず、まねること、模倣することだからである。

ところが、明治以降、模倣は恥ずべきこととされ、さげすまれ、禁じられることになる。西洋流の芸術観にならって、古いものをまねるのではなく新しいものを創り出すことこそ芸術の使命であり、存在理由でもあると考えるようになったからである。そのために独創性が重んじられ、個人の才能や個性の発揮が求められるようになる。

正岡子規が『古今集』の権威に異議を唱え、芭蕉を信奉する旧派の宗匠たちを月並調《つきなみちょう》と攻撃したのは短歌と俳句におけるそうした時代精神の実践であった。

山眠るごとくにありぬ黒茶碗　　櫂

楽長次郎《らくちょうじろう》はあるとき、千利休と出会い、利休好みといわれる黒茶碗を焼くようになった。いくつかの名碗が伝えられている中でも「大黒《おおぐろ》」の銘をもつ黒茶碗はしんと心が静まるような静かなたたずまいをしている。

長次郎の茶碗は轆轤《ろくろ》を使わず、手で捏《こ》ねて作るためにどれも形にかすかな揺らぎとでもいうべきものをとどめているのであるが、この「大黒」もその例にもれず、水でゆるめた柔らかな土を重ねては伸ばして姿を立ち上がらせているその人の手が今も目に見えるかのようである。心もち内へくぼませた茶碗の縁は花びらのように虚空を包みこもうとしながら虚空の中へ消えていく。

一切をおおいつくしていた黒い釉薬は幾人もの手や唇に触れるうちにすっかり磨り減って瓦のような風合いになり果てている。もはや光を返す力を失った黒い皮膚は柔らかな紙が水を吸うようにあたりの光を吸いとっている。長次郎という人は茶碗を焼く前は瓦師であったというが、長い歳月のうちにその思い出が釉薬の下から浮かび上がってきたかのような趣がこの茶碗にはある。

京都御所の西の閑静な町中に楽《らく》家代々の茶碗を収蔵展示している楽美術館があって、京都に行った折にときどき訪ねる。いつだったか、ここで初代の長次郎から当代まで十五代の茶碗を並べて展示してあるのを見たことがあるが、どうも代が下るごとに作柄が小さくなるように見える。いかんせん時代の趨勢《すうせい》とはいえただただ嘆息するばかりであった。

原因の一つとしては釉薬などの材料や焼成の技術が進歩したことが考えられる。材料や技術が向上すれば茶碗もいいものができるのではないかと思うのであるが、予想に反してこれがそうではなさそうである。瓦を焼いていた窯で不純物の混じった粗末な釉薬をかけて焼いていたころの方がよかった。科学技術の進歩はものを創造することにとっては必ずしもいい結果をもたらさない。

もう一つの原因は後代になるほど作り手の作意があらわに見てとれることである。その作意が茶碗をかえって小さく見せてしまう。たしかに華やかな才能が感じられ豪快な個性があふれてはいるが、それはただそれだけのことであって初代のただそこにある茶碗のしんとした静かさにはかなわない。才能や個性の発揮を求める後の世の時代精神がここにも影を落としているのだろう。

俳句にしても茶碗にしても一個人のちっぽけな才能ではどうにもならない世界なのである。

6

ヨーロッパでも十八世紀までは江戸時代までの日本と同じく古典主義の時代が続いてきた。子どもが母親からしか生まれないように新しいものは古いものからしか生まれないと考えられてきた。文学といえばまずギリシア、ラテンの詩をさし、美術は古典の模写から始まった。その間、最も華やかであったルネサンスでさえも文芸復興というその言葉の意味するとおり古代への回帰をめざす運動だった。

ところが、市民革命を経た十九世紀のヨーロッパは天才たちの時代だった。才能ある個人が新たに創り出すものこそが芸術であるという芸術観はこの時代に生まれる。今では昔からそうであったかのように信じられているこの芸術観は実は十九世紀のヨーロッパ特有の思想であり、人類の歴史全体から眺めるとむしろ一時の特異な思想である。

幸か不幸か日本が鎖国を解いてヨーロッパ文明を迎え入れたのは十九世紀のまっただ中であったから、開国後の日本は十九世紀のヨーロッパで生まれたこの特異な芸術観をまともに受け容れることになり、それまで国内で培われてきた古典主義的な芸術観との間にあちこちですさまじい攻防が生じた。子規が『古今集』を否定し、旧派を攻撃したのはまさにその戦いの一つであった。やがて訪れた二十世紀はその戦後処理に追われた時代である。もし日本がもう百年早く、俳句の歴史でいえば蕪村の時代に国を開いていたら、当時はヨーロッパも古典主義の時代であるから日本の諸芸術の近代化はもっと円滑に進んでいたにちがいない、などとありえなかったことを今さら夢想しても仕方がない。

古典という言葉には大理石の冷たい手でひやりと触れられるような、あるいは落ち葉の香りがさっとかすめていくような印象がある。文学であれ美術であれ古典は遠い昔にすでに命を終えてからというもの、ずっと図書館や美術館の片隅にしつらえた死の床の上に安らかに横たわっている。

しかし、これは古典に対する短絡的な印象であって正しくいえば、古典とはむしろ時間を超えて生き続けているもののことである。誕生この方、長い歳月を生き、これからも生きてゆくもの、詩人や勝利者の頭を飾った月桂樹《げっけいじゅ》の緑の葉のようにいつまでも若々しく新鮮なもの、一回きりの短い命しか与えられていない人間がそのつかの間の人生で見出した永遠こそが古典の本当の姿なのである。今生きている私たちの方が古典より先に死の床に横たわる運命にある。

『古今集』や『猿蓑』が長らく手本とされてきたのもどちらもこの永遠の種子を宿しているからである。

7

飴山實は山口大学を定年退官したのち、しばらく関西大学の教授となって大阪に住んでいたことがあった。刊行されたばかりの『飴山實全句集』（花神社）の年譜を見ると、平成二年（一九九〇年）四月から九年（一九九七年）三月までの七年間である。この大阪での仮住まいをまたとない好機とみて関西や関東の十人ばかりが集まって折々に京都で句会を開いた。

飴山實が関西大学を退職して山口へ帰ってしまうと京都句会はとだえたが、平成十一年（一九九九年）十一月の初め、かつて京都句会に集まった人のうち七、八人が山口の隣の下関へ押しかけ、飴山夫妻を招いて泊まりがけで句会をしたことがあった。初日は船で対岸の九州門司へ渡って和布刈《めかり》神社などをめぐったあと、下関の宿へ戻って夕食後、句会。翌日は長府の古い町を歩き、高台にある長府毛利家の菩提寺功山寺で精進のお昼を食べたあと、句会となった。

二日とも晩秋の日和に恵まれた。渚にある和布刈神社境内には柊木犀《ひいらぎもくせい》の香り高い白い花が散りこぼれ、長府の町を流れ下る疎水べりには真っ赤な烏瓜《からすうり》がぶら下がっていた。数年前から飴山實は腹膜透析で命をつないでいた。長府のゆるやかな坂道を宮子夫人とともに少し歩いては休みながら功山寺へ上ってゆくその姿が今もはっきりと目に浮かぶ。

日本語の「新しい」という言葉には新奇と新鮮という二つの意味がある。とかく浅はかなことに新奇の方にばかり目がゆきがちだが、大事にしなければならないのは新鮮の方である。俳句の題材はどれも詠み古されたものばかりであるが、それでも新鮮な詠み方がいくらでもできる。そんな話があった。

功山寺での句会の句は次のとおりである。

粥膳のあと綿虫の庭に出ん　　飴山實
あかあかと引き寄す空の烏瓜　　飴山宮子
山茶花のはつはなのはや散りゐたり　　岩井英雅《えいが》
ふつくらと炊けたる粥や小鳥来る　　坂内文應《ふみお》
ひひらぎの生けられてすぐ花こぼす　　高田《たかだ》正子《まさこ》
足ばかり見えて声降る松手入　　武藤紀子《のりこ》
つち壁の家は静かや小鳥来る　　渡辺純枝《すみえ》
たとふれば一塊の雪萩茶碗　　長谷川櫂

飴山實はその四か月後の翌十二年（二〇〇〇年）三月十六日夜半、腎不全のため急逝した。享年七十三歳。墓は郷里の小松にある。

第九章　友

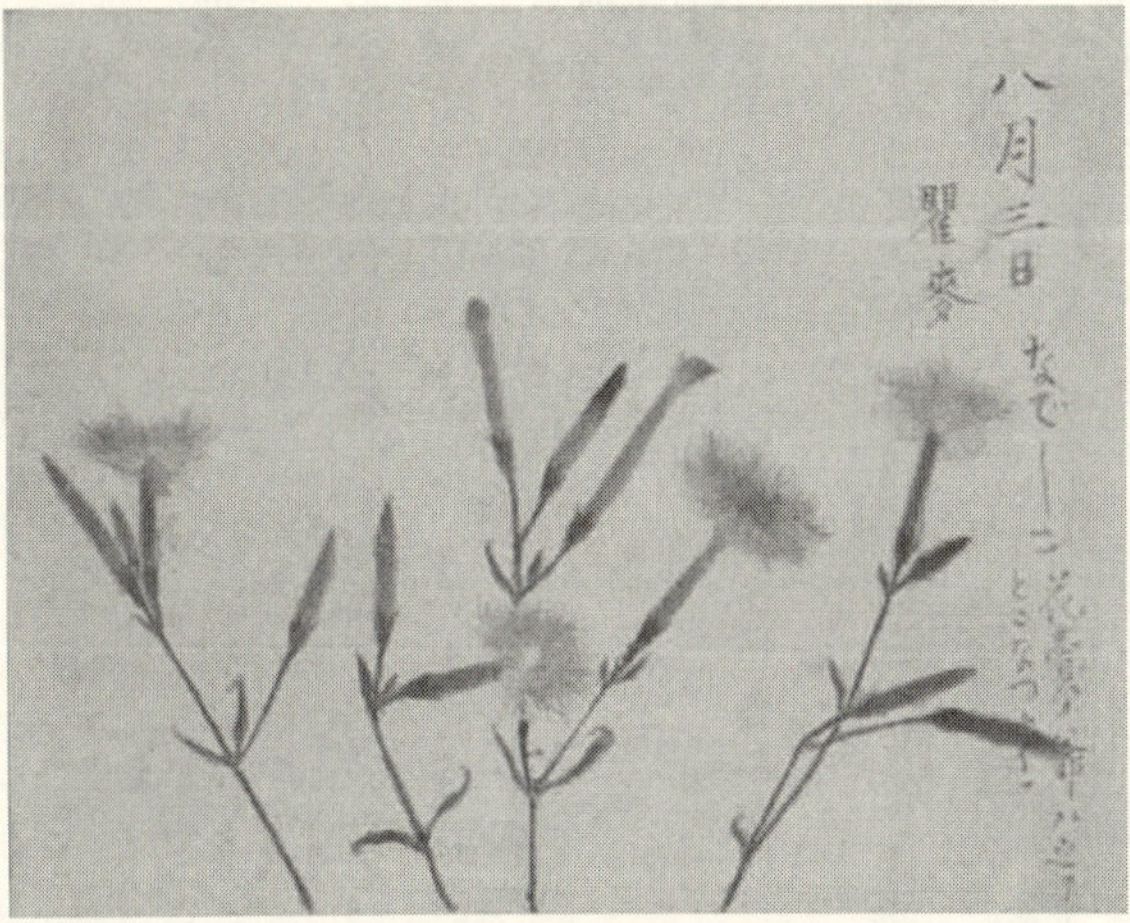

1

百年はおろか十年の孤独にも耐へ得ぬわれか琥珀いろ飲む　伊藤一彦《かずひこ》

歌人の伊藤一彦氏にはその時初めて会った。二十年近く前から句集歌集の交換があり、それに伴う手紙や葉書のやりとりがあり、私は句集の書評を書いてもらってもいるので気持ちの上ではすっかり親しいつもりでいたのであるが、たしかにこれが初対面である。八月の暑い日、渋谷のＮＨＫでの用がすんで、夕方、近くの居酒屋に入った。

九州の独立を滾《たぎ》り説ける人講演をはりすぐに帰京す　伊藤一彦

伊藤氏は宮崎で生まれ宮崎に住んでいる。この歌は九州独立論を煽《あお》ってさっさと東京へ引き上げてゆく愚かしさに気づかない、気づいていても平然としているいい加減な文化人を日向人の余裕でもって眺めている歌である。

その店は日向料理の店だった。聞けば父上は私の郷里に近い肥後宇土の人であるという。

半分は肥後人である。これはうれしい。宴たけなわにして「百年の孤独」という焼酎が運ばれてきた。宮崎県高鍋町でできる大麦の焼酎という。琥珀色の澄みきった液体が金箔のようにきらめきながらグラスの氷の間で揺れている。

「名前が奮ってる」

「造酒屋の主が好きなんでしょう」

「樽の中で一人淋しく百年の孤独に耐えたわけだ」

「孤独を楽しんでるんじゃないですか」

「いや、耐えきれず出てきたというところでしょう」

ま、そんなやりとりがあったと想像していただきたい。

白玉の歯にしみとほる秋の夜の酒はしづかに飲むべかりけり
足音を忍ばせて行けば台所にわが酒の壜は立ちて待ちをる
若《わか》山《やま》牧《ぼく》水《すい》

伊藤氏は同郷の若山牧水の研究家でもあるから相当の酒豪のはずである。冒頭で引いた歌に詠まれているのもラテンアメリカ小説の金字塔の名前を頂戴《ちょうだい》したこの果報者の琥珀の液体だろう。

千年の旧知のごとし秋の酒　　櫂

これはその折の私の句である。「伊藤一彦氏に初めて見《まみ》ゆ。『百年の孤独』といふ日向の焼酎汲み交はしけるに、せめて年数は負けじと」という前書をつけた。

2

武藤紀子《のりこ》という俳人は飴山實《あめやまみのる》の京都句会で知り合った名古屋の人である。この夏、新しい句集『朱夏』が届いたのでさっそくお祝いの句を葉書に書いて贈った。

存《なが》へてこの世うるはし瓜の花　　櫂

この句の「存へて」は少々説明が要る。
この人は前々から恰幅のいい句を詠む人で、花は桜、魚は明石の桜鯛ではないが、桜や松、鯛や鶴などという大きな題材を詠ませると素質と響き合うとでもいうのか、玉のような句を

吐く。近年はその腕にいよいよ磨きがかかって『朱夏』を開くと、

武藤紀子

埋《うづ》み火《び》のおほかた白し桜魚《さくらうお》

空海の水晶の数珠山桜

住吉の松の下《もと》こそ涼しけれ

東大寺鹿の来てゐる春田かな

鶴一羽絵を出て歩む小春かな

金屏《きんびよう》にものの影ある寒さかな

鯛落ちて美しかりし島の松

などの秀吟が次々に現われる。最後の「鯛落ちて」の句については、私はある雑誌の新年号に「秋、鯛は海の深みへ帰ってゆく。句は鯛の落ちた後の島々の松をたたえる。『美しかりし』というこの過去形は松の生うる島々をすでに思い出の中の映像として映しだす。時のめぐりとともに何もかもが俤《おもかげ》を残して流れ去る」と書いたことがあった。

ちょうどそのころではなかったろうか、あとで知ったことであるが、体の不調が見つかり、すぐ入院、手術、療養ということになった。

うねりくる卯波《うなみ》に命ゆだねたる　　櫂

幸いにして予後は順調のようで海外にも出かければ、めでたく二冊目の句集『朱夏』もまとまった。そこで早速、お祝いの句を贈ったという次第である。

3

これでも私はすでに三十年以上も俳句を詠んでいるが、あらためて振り返ると初めのころとは詠み方がずいぶん変わった。大きな流れをいえば十代、二十代のころは自然や素材と一人向き合って詠んでいたのであるが、三十代の半ばからは友人や親しい人々の間で詠むようになった。今あげた最近の「千年の旧知のごとし秋の酒」の句は伊藤氏を相手に、「うねりくる」や「存へて」の句は武藤氏を相手にして詠んだ句である。

今までに出した五冊の句集でいえば二冊目の『天球』でその傾向が兆し、次の『果実』からはっきり表われてきたということになるだろうか。花の句を一句ずつ抜き出してみると、はくれんの花に打ち身のありしあと　『古志』
葉の中のアイリスの茎折れてをり　『天球』
紅梅や妻を離《さか》れる三千里　『果実』
花びらや生れきてまだ名をもたず　『蓬萊』
虚空より定家《ていか》葛《かずら》の花かをる　『虚空』

『古志』のはくれんの句はたおやかな肉体を想像させる打ち身という言葉を使ってはいるものの結局ははくれんの花そのものを詠んでいる。これに対して『天球』のアイリスの句は葉の中で折れてしまっているアイリスの茎を詠んでいるが、人の心のひそかな異変の匂いもする。

だぶだぶの皮のなかなる蟇《ひきがえる》　『天球』

『天球』にあるこの蟇の句には、その詠み方がもっとはっきりと見てとれるだろう。この蟇には誰とはいわないが明らかに人の姿がだぶっている。
この人間の気配が『果実』以降の三句集ではさらに明瞭な形をとって現われる。『果実』

の紅梅の句は一年間、家族を藤沢に残して単身で大阪に赴任した時の句であり、『蓬萊』の花びらの句は若い友人夫妻に女の子が生まれた時のお祝いの句である。『虚空』の定家葛の句は飴山實が旅先のニュージーランドで定家葛の花を見つけたことを同行の人から伝え聞いて詠んだ句である。『蓬萊』と『虚空』の句にはその旨の前書がある。

こうしてみると、『古志』のはくれんは私一人の前にあり、『果実』『蓬萊』『虚空』の三句集の花はどれも私と人との間にある。『天球』のアイリスはその中間ということになるだろうか。

なぜこう変わってきたか。こうしようと思ったわけではなく自然にこうなったのであるが、思い当たる節がないわけではない。たしかに『天球』は飴山實について習い始めた時代の句を収めているから、当然のことながらそこには飴山實という人の大らかな人柄による薫陶があっただろうと思う。

水仙の花や薔や地震《なゐ》ふるふ　『果実』

次の『果実』は四十歳前後の句集であるが、この間、平成七年（一九九五年）正月に阪神間を大地震が襲い、その一年後、大阪に転勤し一人で芦屋に住むことになった。『果実』はそこで編んだ句集である。

柱が折れて地面にへたりこんだ入母屋《いりもや》の立派な屋根や瓦礫が取り片付けられただけで草が生えるに任せてある空地、芦屋公園の松林や人工島ポートアイランドの広大な造成地に建ち並ぶ収容所のようなプレハブの仮設住宅で暮らす人々を見て、俳句は人生で起こるすべてのできごと、生も死も喜びも悲惨もありとあらゆることが詠めなければならないと思ったのはそのころだった。『蓬萊』と『虚空』はそのことをはっきり意識して作った句集である。

俳句は十七音しかないから何でも詠めるというわけではなく、この型式にふさわしいささやかな題材を詠むべきであるなどという人がいるが、あれは人生のすべてを詠む力が自分に不足しているのを俳句のせいにしているだけのことである。この考え方は俳句を窮屈な墓穴に押しこめる。

子どものころに読んだ『フランダースの犬』のネロ少年の愛犬パトラッシュはこの貧しい牛乳配達の少年にいつでもついてまわる。少年が大聖堂にあるルーベンスのキリストの絵の下で凍え死ぬ時、この老犬も少年に寄り添って死ぬ。

俳句はあのパトラッシュのようにその人が息を引き取るまでその人の人生にひたと寄り添っている。だから、その人が人生でめぐり合うすべてが詠めなければならない。もし今、詠めないとしても俳句のせいにせずに自分の力がまだ足りないと考える。そして、きっといつか詠めるようになろうと思う方がその人にとっても俳句にとってもどれだけいいかしれない。

私の俳句が一人で詠むものから人々とともに詠むものへ大きく流れが変わったのは阪神大震災をきっかけにしてこのことに目覚めたからではないかと思う。

4

私の詠み方の変化は単に私だけの問題ではなく、実は日本の詩歌の基本的な構造に触れる問題であることにその後、気がついた。

たしかに詩歌は宇宙の闇黒の中で輝き始める星の子どものように孤独な人間の心の奥底で産声をあげる。これは洋の東西を問わず詩歌と名のつくすべてに当てはまることだろう。ところが、西洋の詩歌はそれ以外の何ものでもないが、日本の詩歌、中でも俳句や短歌は人々の集まりの中で詠まれてきた。

俳句や短歌が孤独な心から生まれ、同時に人々の集まりの中で生まれるということは互いに相容れぬことのようにきこえるかもしれないが実のところは何の矛盾もない。この二者合一の境地をみごとに言い表わしている西行の歌がある。

さびしさに堪《た》へたる人の又もあれないほりならべん冬の山ざと　　西行

私と同じように淋しさに耐えている人がもう一人いたら訪ねてくる人もまれなこの冬の山里に庵を二つ並べて暮らしたいという歌である。いつも仲間と一緒にいて淋しさなど味わう暇もない賑やかな人ではなく、淋しさの味を知り尽くしている人とこそ友だちになりたいというのである。

西行の歌は孤独な心から別の孤独な心へ送られる書信であった。それは西行と友という二つの孤独な心があって初めて生まれる。

『おくのほそ道』の長旅を終えた翌々年の初夏、芭蕉が京の嵯峨にあった去来の隠宅落柿舎《らくししや》で静養中に詠んだ句は西行のこの歌を心において詠まれている。

うき我をさびしがらせよかんこどり　　芭蕉

「かんこどり」は漢字で書けば閑古鳥、郭公《かつこう》のことである。閑古鳥が鳴く淋しさといえば客足が遠のいた店のようなさびれた状態のことであり、あまりいい意味ではないが、芭蕉はその閑古鳥に向かって、のどかな嵯峨の隠れ家でもの憂く日々を過ごす自分をもっと淋しがらせてくれとおどけている。西行が友とするに足ると歌った「さびしさに堪へたる人」に自分もなりたいというのだろう。

短歌の源である相聞は恋の孤独に耐えかねた二つの心の間で交わされた和歌のやりとりであったし、俳句の産屋となった連句は「さびしさに堪へたる人」を主客とする連衆の座で成り立つものであった。日本の詩歌の二つの大きな流れである和歌と俳諧、そのどちらも孤独な心とその集まりという異質な二つの要素が縦糸と横糸になって織りなしてきた言葉の織物なのである。

5

日本の詩歌を織りなしてきたこの二本の糸を大岡信《おおおかまこと》氏は「孤心」と「うたげ」という言葉で表わした。その論を展開した著書『うたげと孤心』は昭和五十三年（一九七八）に集英社から出版され、それから十年あまりたって岩波書店の同時代ライブラリーの一冊となった。この岩波版の後書きを読むと、大岡氏がこのことに気づく糸口になったのは一九六〇年代末に安東次男《あんどうつぐお》の手引で始めた連句であったという。

島ぐるみ住替る世と便来て　流
引くに引かれぬ邯鄲《かんたん》の足　夷
モンローの伝記下訳五万円　才
どさりと落ちる軒の残雪　信

昭和四十九年（一九七四年）春にある雑誌に載った歌仙「新酒の巻」五句目からの付け合いである。四人の連衆は「流」が流火草堂《りゅうかそうどう》こと安東次男、「夷」は夷斎《いさい》こと石川淳《いしかわじゅん》、「才」は丸谷才一《まるやさいいち》、「信」は大岡信である。

やがて大岡氏はこの五七五／七七／五七五／七七……と寄せては返す波のように続く昔ながらの連句を発展させて内外の詩人たちと自由詩の共同制作を試みる。これを連句にならって連詩と名づけた。

次に引くのは平成二年（一九九〇年）秋、ガブリエレ・エッカルト、ウリ・ベッカーという二人のドイツの詩人と谷川俊太郎《たにかわしゅんたろう》、大岡信の四人でフランクフルトで巻いた「フランクフルト連詩」の出だしの部分である。平成元年十一月、第二次世界大戦直後から四十年間、ドイツを東西に分断していたベルリンの壁が市民たちによって壊された。それから一年近くたったころに巻かれた連詩である。

（1）
この町で『西東詩集』の詩人は生まれた
東と西の言葉で僕らが織物を始める朝
テーブルには新しい星座のように 栗の実が
飾られている 緑の葉っぱを敷いて――
栗のいが 陸《おか》にあがった雲丹《うに》
信

（2）
私にはうらやましい あなたたち詩人は
夢中になって積み木と遊んでいる
あるいは――
消えてしまった意味をなぞりながら――
系統樹にイースターの卵をつり下げる

書くことで私にできるのは

私を窒息させるものを吐き出すだけ
ガブリエレ

（3）
森の中の切り倒された老いた木の切り株の
波紋のようにひろがる年輪があなたの一生
そのまんなかで子どものあなたが泣きわめいている
バウムクーヘンが食べたいのだ
俊太郎

（4）
ケーキを食べたらいいじゃないか、詩の
きらいな人は、今日のお祝いに
四人で一緒に祝おう、おれたちのやり方で
ヒステリー気味の歴史抜きで
公園においで、友よ、見ろよ……
ドイツ自慢の樫の木に差し押さえの郭公印がぺたっとくっついてるぞ。
ウリ

ドイツを含め西洋の詩は徹頭徹尾「孤心」の賜物であって、複数の詩人が「うたげ」の場で共同で詩を作るなどという伝統も発想もない。二人のドイツの詩人にとっては連詩など考えられないことであり、連詩に加わることは詩人としての禁忌を犯すことに近かったにちがいない。ガブリエレは拒絶気味、ウリは恐る恐るという感じが詩の文言からうかがえるのはそのせいだろうか。それにしてもドイツでは閑古鳥が客足が遠のくどころか差し押さえの印であったとは芭蕉が聞いたらきっと驚くだろう。

今年の夏の間、大岡氏と私は私の句集から選んだ句を発句にして句の付け合いをした。九月に大岡氏の郷里の三島で開かれる文化講演会で私が対談の相手を務めることになり、そこでこの付け合いを話の種にしようということになったのである。五冊の句集から選んだ全部で十六句に大岡氏が脇を、さらに私が第三を付けた。

冬深し柱の中の濤《なみ》の音　　櫂
舌にとろりと溶ける煮こごり　　信
熱燗《あつかん》をちびちびとやる友もがな　　櫂

発句にした「冬深し」の句は最初の句集『古志』の句であるが、この句は発句にはあまり向かない句ではないかと思う。連句とは「うたげ」そのものである。ところが、「冬深し」の句は「孤心」の色合いの濃い『古志』の中でも「孤心」の砦に立てこもって人が近寄るのをひときわ厳しく拒んでいるかのような句だからである。

そのかたくななところをたしなめるように大岡氏は「舌にとろりと溶ける煮こごり」という柔らかな脇を付けた。そこで、私が「熱燗をちびちびとやる友もがな」、熱燗をちびちびと酌み交わす友だちが今ここにいてくれたらいいなという第三を付けたのには相応のわけがある。「冬深し」の句の「孤心」の屹立を和らげて遅ればせながらこの第三句目を借りて「うたげ」の境地を打ち開きたかったからである。

「冬深し」の句は新米の新聞記者として新潟にいた二十代初めに出雲崎で詠んだ句である。思えばこの句と第三の間に三十年近い歳月が流れていた。

6

四十代の句集『蓬萊』『虚空』ではしばしば俳句に前書をつけるようになった。ときには長い前書もある。

前書というと十七音でいえなかったことを書くのだろうと思われているから、前書のある句は前書がなければ通じない、前書にもたれた句と見られがちである。しかし、俳句はまず前書なしで通じなくてはならない。それだけで通じない句は前書をつけたところでどうなるものでもない。前書はそうした俳句の欠陥を補うためにつけるのではなく、俳句を人生のすべてへ向かって開く働きをする。

翡翠《かわせみ》のいま飛び去りしばかりなり　　　櫂

カワセミは翡翠という漢字を当てるとおり深緑色の羽の美しい鳥である。精悍かつ敏捷《びんしょう》にして魚の狩がうまい。水面に立つ杭の頭や水の上へと長く伸びた木の枝にじっと止まって水中をうかがい、魚の影が動いたかと思うとさっと水中に突っ込んで鋭い嘴《くちばし》で魚をとらえて飛びたつ。その間一瞬、目にもとまらぬ早わざである。

この句は首尾よく獲物を得たか、惜しくも逃がしたか、翡翠が飛び去ったばかりのところである。句を読んだあと、翡翠が飛び去るところを見たかのように深緑色の残像が目に残ればいいのであるが、この句に「翡翠を描きし九谷の皿頼まれしに鶴の皿購《あがの》うて帰る。妻に問はれて」という前書があったら句の世界はどう変わるか。

九谷焼には翡翠がよく描かれる。翡翠は色鮮やかな羽をしているから九谷のような色絵の焼物には打ってつけの図柄なのだろう。あるとき、金沢にゆくついでに翡翠を描いた皿を妻に頼まれたのだが気に入るものが見つからず、諦めて別の図柄の皿を買って帰ったことがあった。数日して皿が届くと妻は「あら、翡翠じゃないじゃない」とややがっかりしたようすである。そこで「翡翠のいい皿が見つからなかった」と言い訳しても句にはならないが、「皿に描かれていた翡翠が飛び去ってしまった」といえば句になる。この経過を前書にして句につけた。

この句は実際に翡翠が飛び去ったところを詠んだ自然詠であるが、前書をつけると、同じ句が夫婦間のちょっとしたやりとりを詠んだ人事句に変わる。ここで前書は自然を人事に変える、「孤心」を「うたげ」へと開いてゆく装置として働いている。

たしかに俳句は十七音しかないから一句だけで入り組んだ人間関係を詠もうとすれば破綻する。そこで前書は自然詠をそのまま人事句に変換する呪文のような装置なのである。

木枕のあかや伊吹にのこる雪　丈《じょう》草《そう》

丈草は木枕の垢《あか》と伊吹山の残雪を取り合わせて一句にしている。ぶっきらぼうな、ずいぶんと無口な句であるが、木枕と伊吹山、垢と残雪、大きさは違うけれども、どことなく形の似通ったもの同士のおもしろさがある。

丈草はこの句に長い前書をつけた。「身を風雲にまろめ、あらゆる乏しさを物とせず、ただひとつ頭のやまひもてるゆゑに、枕の硬きをきらふのみ、惟然《いぜん》子が不自由なり。蕉翁も折々是をたはぶれに興ぜられしにも、此《この》人はつぶりにのみ奢《おご》りをもてる人也とぞ。此春、故郷へと湖上の草庵をのぞかれける。幸《さいわい》に引き駐《とど》めて二夜三夜の鼾息《いびき》を贐《はなむけ》とす。猶《なお》末遠き山村野亭の枕に、木のふしをか侘びて、残る寒さも一しほにこそと、背《うしろ》見送る岐《わかれみち》に臨みて」。

丈草も惟然もともに芭蕉の門弟であった。丈草は尾張犬山藩士であったが若くして遁世し、故郷を離れてやがて大津の義仲寺の無名庵に住んだ。元禄七年（一六九四年）十月十二日、芭蕉がなくなると三年間の喪に服し、義仲寺に葬られた芭蕉の墓守となった。元禄九年には無名庵を出て裏手の龍が岡に新たに仏幻庵を結んで移った。

一方、惟然は美濃の関の人であるが、芭蕉没後しばらく諸国をさすらった。前書に描かれているのは放浪の途上の惟然だろう。そこに「故郷へと」とあるのは関をさしている。ともに芭蕉に愛された弟子であるが、その芭蕉はすでにこの世にいない。

さて、惟然は頭に病があったために硬い木枕がどうも苦手だったらしい。芭蕉も惟然を頭だけは贅沢する人であるなどとよくからかっておられたと丈草は前書に書いている。一体どんな病だったのだろうか。それがちょうどこの春、久々に故郷の関へ帰る途中、私の庵に立ち寄ったので二、三日引きとめて鼾を聴代わりに奉った。でも、関はまだ遠い。途中の安宿では木枕の節が頭に触って残る寒さもひとしお身にしみるだろう。

この前書がつくことによって木枕の垢と伊吹山の残雪を詠んだ句が芭蕉を失った門弟同士の篤い友情の句に変容している。

江戸時代の俳諧ではこうして前書が大いに力を発揮した。ところが、近代以降、前書は嫌われるようになる。「孤心」の歌である西洋の詩歌を手本にした近代以降の俳句はみずからも「孤心」の歌となろうとした。そこでは俳句といえども個人による独立した作品でなければならず、「うたげ」による共同制作などとんでもないと考えられた。「うたげ」への扉である前書もまた疎んぜられる。

だからといって近代になって俳句から「うたげ」の要素が失われてしまったわけではない。「孤心」とともに俳句の血肉である「うたげ」は、今も行なわれている句会が明治時代から広まったように近代以降もさまざまに姿を変えて生き残った。同様に前書も本来の力を失ってしまったわけではない。近代以降の俳句は前書から目をそむけていただけのことである。

秋風や模様のちがふ皿二つ　　原　石鼎《せきてい》

石鼎の句には「父母のあたたかきふところにさへ入ることをせぬ放浪の子は、伯州米子《よなご》に去つて仮の宿りをなす」という前書がある。石鼎は今の島根県出雲市に医者の子として生まれた。両親は石鼎が医者となってあとを継いでくれることを望んだが、石鼎は従わず、京都医学専門学校を中退して放浪の身となった。この句は米子にしばらく住んだ時の句である。

この句は秋風に吹かれる二枚の皿を描いているだけの句であるが、この前書がつくと模様が違う二枚の皿が相容れぬ人と人との心のようにもみえてくる。そればかりか一句に非情な凄味さえ宿る。

ここでは皿を詠んだ句が前書によって人と人との葛藤を詠んだ句に姿を変えている。丈草の句で起きたことと同じくここでも前書が「孤心」の句を「うたげ」の句に変えている。

7

この山にふたつの庵かんこ鳥　　坂内文應《ふみお》

涅槃図やうたた寝のごとおん姿　　岩井善子

斜めに長い新潟県の中ほどに加茂という古い町がある。この町中の高台にある曹洞宗の古刹雙璧寺の住持坂内夫妻は若いころからの私の友人である。二人とも俳句をよくするが、それよりも大変な猫好きで今はたしか三匹飼われている。私も戯れに、

禅僧とならぶ仔猫の昼寝かな　　　櫂

などと愛猫ぶりをからかったりしていたのであるが、二年前の正月、この坂内禅師が句集を編んでいる最中に心筋梗塞《しんきんこうそく》で倒れるということがあった。心臓の五分の一は壊死《えし》したらしいが、さいわいに命だけは取り留めた。

遺句集となりそこねたる花の塵　　　櫂

この句には「越の禅師、桜の頃に句集出さんとせられたりしが、正月二日にはかに心臓の病起こりぬ。大手術終りし労《ねぎら》ひの手紙に添へて」という前書がある。命拾いの句は詠む方もうれしい。

第十章　俳

1

その年の夏、新聞社を辞めることを決めて会社に辞表を提出したあと、最後の夏休みを利用して妻と中学生の娘とニューヨークに旅行した。一つには新しい生活のための区切りにしたかったのと、もう一つは母の祖父、私には曾祖父に当たる人が大正から昭和十年代半ばにかけて二十年近くあの街で暮らしていたことがあるので、どんなところか一度見ておきたかったのである。高校生だった息子は学校の行事でオーストラリアのブリスベーン近くの農場にホームステイしていたので三人で行くことになった。

曾祖父が暮らしていた建物は所番地を控えていったのであるが、どうやらセントラル・パークの南西の角、今ではコロンバス・サークルになっているあたりらしく、とうとう確認できなかった。六十年以上も昔のことである。歳月はすべてを流し去って帰らない。

ある日、こんなところまで来たんだからこの街でいちばん高い百十階の世界貿易センタービルに上ろうということになった。グランドセントラル駅から地下鉄を乗り継いで昼過ぎにこの摩天楼の下に着くと、観光客用のエレベーターの前には長い行列ができていた。手荷物検査がすむとみな手の甲に検査が済んだ印のスタンプを押された。安物の青黒いインクが妻や娘や私の手の皮膚ににじんでゆくのをみて、検印の青いインクのしみこんだ豚の枝肉を思い浮かべた。

このビルにかぎらないが巨大な建物は巨大というだけで何と非人間的なことか。日野山に鴨長明が結んだ方丈の庵や嵯峨野にあった去来の落柿舎のような懐かしいささやかな隠れ家と並べてみると巨大建築のもつ無機的な空虚さがむき出しになる。しかも巨大建築は建築自体が非人間的であるだけではすまず、そこで働く何万人もの人々も見物人も非人間的な物に変えてしまう。手に検査済みの青いスタンプを押された私たちは収容所へと移送される人の群れのように大型のエレベーターでツインタワーの一つの頂上へ向かって昇ってゆく。

屋上は吹きさらしだった。エンパイアステイトビルの展望階はガラスで四囲を囲まれていたが、ここは屋上に白く塗った金属の柵がめぐらしてあるだけである。そこからは屋上が載っているビル自体は見えないのでまるで四角い空地が青空の中に浮かんでいるような感じがする。すぐ隣にそびえ立つ、このビルを鏡に映しているかのような双子のもう一つのビルの姿を見て、私たちが今いる屋上が空中を漂っているのではないことを確認するしかない。

大西洋の方を眺めるとはるか彼方、ブルックリンの砂地の先、ニューヨーク湾の入口あたりだろうか、浅瀬があるのか沖合いに白い波頭が一線に連なってしぶきをあげているのが見えた。

摩天楼の項に秋来てゐたり　　櫂

七月の終わりのことで立秋にはまだ間があったが、屋上で真昼の太陽の明るい光を浴びながら大西洋から吹き寄せる風に包まれているとそこには一足先に秋が来ているようだった。巨大建築を見ると、時が流れ、やがてそれが廃墟となった姿が目に浮かぶ。私だけのあまり大きな声では語れない妄想かと疑っていたのであるが、アメリカや日本の映画でニューヨークや東京の廃墟が繰り返し描かれるのをみて、万人とはいわないがかなり多くの人々が抱く慰めのようなものではないかと思うようになった。高層化し巨大化するメガロポリスで人間が生きてゆくには、その反対のもう一つの重りとして廃墟と化した街や建物の姿を一杯の苦いコーヒーのようなものとして必要とする。

映画『猿の惑星』第一作の幕切れでチャールトン・ヘストンが砂浜に半ば埋もれた自由の女神像を見つける、あの自由の女神像の何と安らかであったことか。衝撃の場面として語られるその衝撃とは砂に埋もれた自由の女神像に、あろうことか安らかなるものを感じてしまう自分自身に対する狼狽だったのではなかろうか。

世界貿易センタービルの屋上に上った日から一年後、あの双子の超高層ビルが廃墟となるどころか、真っ青な九月の空を残してこの世界から消滅してしまうなど想像もしないことだった。

2

ツインタワーが消滅してから数か月後、跡地に鎮魂のための墳墓を造ることを安藤忠雄《あんどうただお》氏が提案していることを新聞で知った。ツインタワー跡地はグラウンド・ゼロと呼ばれ、再開発の主体となる南部マンハッタン再開発公社には世界中からすでに何件かの再開発計画案が寄せられている。グラウンド・ゼロとは核爆弾が炸裂した爆心地を意味する言葉である。ニューヨークのマンハッタンの一画、ツインタワーの跡地が広島の原爆ドームや長崎の爆心地公園と同じ名前で呼ばれているわけである。

新聞のその記事によると、安藤氏の提案はこの爆心地グラウンド・ゼロにかつて存在したツインタワーのような超高層ビルをふたたび建てるのではなく、日本の円墳に似たこんもりと盛り上がる「鎮魂の墳墓」を造ろうというものである。ほかの案がこぞって超高層ビルの再建を提案し、その多くが四百メートル以上もあったツインタワーをさらにしのぐ超高層ビルを提案している中で、墳墓という提案はきわめて異彩を放っているというのだった。

安藤氏の提案は日本人らしい発想なのだろう、少なくとも私にはわかりやすい提案だった。広島の爆心地にあった産業奨励館は原爆ドームとして破壊されたそのままの無残な姿で残された。長崎市松山町の爆心地には爆心地公園があり、近くの丘の上にある浦上天主堂の崩れ残った煉瓦の壁がここに移されている。どちらのグラウンド・ゼロも鎮魂のための祈りの場所として、そこに何かを新しく造るのではなく何も造らない虚の場所として街の中心に残された。

誰でも人の心の中心には何もない虚の空間があって、人は祈るとき、そこへ一人で降りてゆく。人の心の中にあるその祈りの場所のように、戦後の日本人は広島と長崎の爆心地を、さらには広島、長崎の町自体を鎮魂のための祈りの場所としてきた。しかし、日本人には馴染み深いこの発想が果たしてツインタワーを破壊されて誇りを傷つけられた今のアメリカの人々に通用するかどうか。

今年早春、新聞はグラウンド・ゼロの再開発計画が決まったことを伝えた。ありし日のツインタワーよりもさらに百メートル以上も高い五百四十メートルの、マンハッタンの空を切り裂く刃の形をした超高層ビルを建てる計画のようである。壊されたらもっと高いものを建てる。これがアメリカ人の考え方なのだろう。

ともかく、これで安藤氏の「鎮魂の墳墓」計画案は実現しないことがはっきりした。建築史を眺めれば、構想されただけで実現しなかった幻の名建築が数々あるのだからこれも致し方ない。

この春、東京ステーションギャラリーで開かれた安藤忠雄建築展にはこのグラウンド・ゼロの「鎮魂の墳墓」の模型も展示されていた。大きな球がツインタワー跡の平地に半ば埋まっている。平らな地面から浮かび上がろうとしているようにもみえる。直径二百メートル、高さ三十メートルの円墳である。

ツインタワーやここに新しく建てられることになったビルに比べればもちろんのこと、周囲のビルに比べてもこの「鎮魂の墳墓」は平地のままとしかみえない高さというか低さである。もしこの案が採用されていたら、世界経済の心臓部マンハッタンの真ん中に何もない虚の空間が出現していただろう。それは天を切り裂くビルよりもはるかに壮観な眺めであったにちがいない。

3

展覧会のカタログには「鎮魂の墳墓」についての解説が載っていた。展覧会場でもパネルにして掲げてあったかもしれないが、読まなかった。展覧会場で立ち止まったまま長い文章を読ませられるのはたまったものではないからいつも知らんふりをして通り過ぎる。この解説も夜、家に帰ってからカタログで読んだのであるが、おもしろいことが書いてあった。「テロは、数多くの尊い人命とともに、都市にとっても最も重要な〈記憶〉を奪った」と、その解説は始まる。「一世紀前に岩盤の上に誕生した近代都市ニューヨークの、そしてアメリカの富と繁栄のシンボルの破壊、同時にそれは二十世紀的世界を形作ってきた価値観そのものを否定する行為だった。その行為を、許すことはできない。単なる破壊と報復の連鎖からは何も生まれはしない」。たしかにそのとおりである。

「だが」と、この文章は続く。「だが、事件の根幹は結局異文化間の対立、すなわちグローバル・スタンダードの追求と伝播を善とするアメリカ社会の価値観と、それに対して自らのアイデンティティー、宗教的なバックボーンを守ろうとしたイスラム世界的価値観との衝突にあった。それは追い詰められた人々の、精一杯の抵抗だった」。

そして、「鎮魂の墳墓」についての記述が続く。「失われた都市の空白を何かで埋めようとするならば、それは建築ではなく、鎮魂と反省のための場所であるべきだ。私は、グラウンド・ゼロに鎮魂の墳墓をつくることを提案する。（中略）今こそ考えるときだろう。この地球という限られた場所にせめぎあって住みついている私達人間が、いかにして共に集って生きていけるか。互いの存在を認めあいながら、一つの共同体を営んでいけるか」。

巨大建築はその時代の思想を映し出す。ピラミッドは古代エジプトの宇宙観や社会構造をそのまま形にしたものであるし、万里の長城は中国の歴代王朝の強大な権力と外の世界への恐怖心を物語っている。同じくマンハッタンの水辺にそびえていたツインタワーは単に超高層の建物であったのではなく、繁栄するアメリカの資本主義と価値観そのものだった。だからこそ、イスラム過激派のテロリストたちはツインタワーを標的にしたのであるし、その破壊によってアメリカは癒しようもないほど傷ついたのである。

ここまでは誰も異論のないところだろう。ところが、安藤氏はこのテロ事件の根底には「異文化間の対立」が横たわっているという。その対立とは具体的にはアメリカの価値観とイスラムの価値観との対立であり、ツインタワーの破壊はアメリカが追求するグローバル・スタンダードによって「追い詰められた人々の、精一杯の抵抗だった」という。

そこで、安藤氏はこの対立する者同士が互いの存在を認めながら地球上で一つの共同体を営んでいくために、グラウンド・ゼロに何かを新たに建設するのではなく、鎮魂と反省の場所としての墳墓を造ることを提案するというのである。

安藤氏のこの意見はテロについて今までに読んだどの記事や論評よりもまっとうであると私には思われた。とくに心にとめておきたいのは「失われた都市の空白を何かで埋めようとするならば、それは建築ではなく、鎮魂と反省のための場所であるべきだ」という部分である。ここで安藤氏は巨大建築が必然的に帯びてしまう思想性を率直に認めて、思想の対立を乗り越えるためにはこのグラウンド・ゼロに新たに建築を建ててはならないといっているようにきこえる。「それは建築ではなく」とはそういうことだろう。

建築家でありながら建築の限界を知り、建築を拒んでいる。これはカタログの解説を読んで初めてわかったことであるが、安藤氏は建築家以前のただ一人の人間として「鎮魂の墳墓」を提案しているのである。

しかし、私にはまっとうに思えても、この意見を受け容れるだけの余裕と冷静さが今のアメリカに残されているかどうか。残念ながらないだろう。アメリカが無邪気に追求する、世界中にアメリカの流儀を押し通そうとするグローバリズムとは詰まるところアメリカの価値観に対する異論は認めないということだからである。

安藤氏は「鎮魂の墳墓」計画案についてカタログの解説と同じ内容の説明を南部マンハッタン再開発公社に対してしたにちがいない。しかし、テロはアメリカに追い詰められた人々の精一杯の抵抗であったという見方をアメリカは受け容れないだろうということを安藤氏はよく見通していたはずである。この見方が受け容れられないということは、異文化間の不毛な対立を解消してすべての文化が共存する多様な世界を作り出すためにグラウンド・ゼロに「鎮魂の墳墓」を築くという提案もまた受け容れられないということである。

安藤氏はそれでもそういわなければならないと思ったのにちがいない。なぜならば、安藤氏の目にはテロは異文化間の対立であり、追い詰められた人々の精一杯の抵抗と映ったからである。安藤氏はテロについて自分の目に映ったままを南部マンハッタン再開発公社に対して、引いてはアメリカ市民に向かって語った。

こういう闘い方もあるのかと思った。なかなかやるなあ。

4

今では俳句は地球上いたるところで詠まれるようになった。日本人が海外で詠むのはもちろんのこと、外国人も母国語で詠む。中国語、韓国語、英語、フランス語、ドイツ語などさまざまな言語で俳句が詠まれている。日本語で詠む外国人もいれば外国語で詠む日本人もいる。

俳句の翻訳も盛んに行なわれ、古今の俳句が外国語に訳される。これがなかなか大変な作業である。翻訳とはある言語で書かれた文章や詩歌を別の言語に移す作業であるが、それはとりもなおさずある文化を別の文化へ移す作業でもあるからである。

明ぼのやしら魚しろきこと一寸　　　　芭蕉

芭蕉の白魚の句をイギリス生まれの俳句研究家R・H・ブライス（Reginald Horace Blyth）は次のように英訳した。

In the morning twilight
The lancelets,
Inch-long white things.

ブライスは大正時代の末に来日してから昭和三十九年（一九六四年）に六十五歳でなくなるまでの四十年間を日本で暮らした。その間、大学で英文学を教えながら俳句の研究、翻訳を続け、俳句を紹介する英文の本を次々と著わした。墓は北鎌倉の東慶寺にある。

ここで白魚の訳語として使われている lancelet は手もとの辞書ではナメクジウオとなっている。ブライスは長く日本で暮らした人であるから、白魚をその目で見てこれは英語では lancelet という魚であることを確かめたはずである。しかし、日本人が白魚という小さな魚と白魚という言葉から思い浮かべる美しくもはかない印象を英語圏の人々は lancelet から感じることができるのだろうか。lancelets と複数形になっているのも気になる。芭蕉がこの句で描いたのは一匹の白魚であるし、この句を読んで日本人が思い浮かべるのも一匹の白魚だからである。

旅人と我名《わが》よばれん初しぐれ　　芭蕉

The first winter shower;
My name shall be
"Traveller".

京まではまだ半空《なかぞら》や雪の雲　　芭蕉

On a journey to the Capital,
Only half the sky traversed,
With clouds foretelling snow.

前の句では初しぐれが the first winter shower ではなあという思いが残る。あとの句では半空という言葉の空であって空でないような感じがわかってもらえるだろうか。雪の降りそうな空を見上げてはまだ都への道は遠いと思う心もとなさが半空なのである。
言葉には意味と風味という二つの要素があるが、言葉の意味を訳すことができても言葉の風味を訳すのは難しい。となると、論理的な文章などと違って言葉の風味を重んじる俳句の翻訳は至難の業ということになる。今さらこんなことをいうのは、言葉や文化が異なっても何でもわかり合えると安易に思いこむよりは、言葉や文化が異なれば何でもわかり合えるものではないと慎重に構えておいた方がお互いに痛い目をみなくてすむからである。

5

白魚、初しぐれ、半空のように日本語には日本語でしか表わせないものがある。それらはただ切れ切れの断片であるばかりではなく、一つ一つが日本人に見える宇宙の姿である。同じように中国語には中国語でしか、フランス語にはフランス語でしか表わせないものがあるだろう。こうして、ある言語はその言語を話す人々が見た宇宙の姿を形作る。もしその言語が滅んでしまえば、その宇宙は古代の遺跡のように砂に埋もれて入口のありかさえもわからなくなってしまうだろう。

人類の歴史を顧みると、多くの言語が戦争や病気によって滅んだ。それは過去だけのことではない。現在、地球上では六千八百の言語が話されているというが、そのうち半数以上の言語が二十一世紀中に消滅するだろうと予測されている。つまり、この百年で三千四百以上の言語とその言語に内蔵されている宇宙が消滅するということになる。

この言語の消滅に拍車をかけているのがアメリカの進めるグローバリズムである。たしかに少数の人々が使っている言語を話すよりは多数の人々が使う言語を使った方が経済活動にとっては便利にちがいない。そこで少数言語から多数言語へ乗りかえる人が増える。すると少数言語を話す人々はますます減って、ついには誰もいなくなってしまう。

そんなことが起こるのは遠い国の話かと思っていたら、日本でも若手の政治家の間で英語を第二公用語にしようとする動きがある。もし実現するようなことがあれば日本は国をあげて英語文化圏に入ることになる。これほどアメリカとのつきあいが深くなれば、その方が通商も外交もうまくゆくということらしい。

明治維新以来、日本は近代化という名のもとに西洋文明を迎え入れる一方で、日本古来の土着文化を恥として滅ぼし続けてきた。その結果、私の身のまわりを探してみても日本固有の文化はほとんど残されていない。しいてあげれば日本語しかない。

第二とはいえ英語を公用語として国が認めれば日本語は急速に衰退への道をたどるだろう。そうなれば、やがて白魚も初しぐれも半空もはるか昔に砂に埋もれた古代文明の言葉のように何のことか誰もわからなくなってしまう。

アメリカは多民族国家であり、国内では多様な価値観を抱擁している国である。ところが、こと外の世界に対してはアメリカ流のグローバル・スタンダードを振りかざして臨む。これは安藤忠雄氏が「鎮魂の墳墓」計画案に寄せて書いた「この地球という限られた場所にせめぎあって住みついている私達人間が、いかにして共に集って生きていけるか」という発想からも、あらゆる神々、あらゆる考え方の人間が共存する「八百万《やおよろず》の地球」という私の理想からも遠く隔たっている。

安藤氏はツインタワーへのテロを「追い詰められた人々の、精一杯の抵抗だった」と書いていたが、追い詰められているのは実はイスラムの人々ばかりではない。気づくか気づかないかの違いではなかろうか。

6

ひうひうと風ハ空行冬牡丹　　鬼《おに》　貫《つら》

うち晴て障子も白し春日影
春の水所々に見ゆる哉
涼風や虚空に満て松の声
によつぽりと秋の空なる富士の山
行水の捨所なし虫の声
秋風の吹わたりけり人の顔

上島《うえじま》鬼貫は芭蕉に十七年遅れて生まれた人である。摂津伊丹《いたみ》の油屋という造酒屋の三男坊で若くして当代はやりの貞門、談林の俳諧に親しんだが、古風な貞門にも新奇な談林にも飽き足らず、あるとき、忽然として「誠のほかに俳諧なし」と大悟したという。

鬼貫が俳諧と考えたその「誠」とは言葉の内にある人の心のことだろう。貞門と談林とは正反対のようにみえてどちらも言葉の表面だけに俳を求めたのに対して鬼貫は言葉に包まれる人の心こそが俳であり、心を忘れた「ざれごと」は俳諧にあらずといったのである。

俳句の俳とは権威や常識にとらわれずに思ったままをずばりということである。俳句は江戸時代のうちは俳諧の発句、あるいは単に発句と呼ばれていたが、明治時代になって正岡子規が俳諧の発句を略して俳句と呼び始めた。俳句は俳諧の発句から俳の一字とともに俳の精神を受け継いだ。

俳諧と俳句、そのどちらにも使われている俳という漢字は二人の人が戯れ合っている姿を写した字であるらしい。そこからこの字は喜劇を意味し、喜劇を演じる役者や道化を表わすようになった。これに対して、悲劇や悲劇役者を表わす漢字が優である。この字は髪に喪章の麻紐を結び、憂いに沈む人の姿を表わしている。そして、喜劇や悲劇を演じる人が俳優である。

古代中国ではしばしば身体に障害をもつ人々が役者や道化となって、おもしろい舞を舞い、おかしな歌を歌って王や神を慰めた。そうした役者や道化は権威や常識に縛られることなく自由に、しばしば権力者の耳には快いとはいえない真実を滑稽な身振りや口振りをまじえて語った。この真実をくるんだ滑稽な言葉が俳諧や俳句の俳なのである。

日本には古くから誹諧歌と呼ばれる一群の歌があった。そう呼ばれるようになるのは『古今集』からであるが、『万葉集』の次の歌などはそのさきがけだろう。

石麻呂《いしまろ》に我物申す夏痩《なつや》せに良しといふものそ鰻捕り喫《め》せ

痩す痩すも生けらばあらむをはたやはた鰻を捕ると川に流るな

大伴家持《やかもち》

「痩せたる人を嗤咲《わら》ふ歌二首」という詞書がある。その名も石麻呂という石のように痩せっぽちの男がいたのだろう。前の歌は、その石麻呂に申し上げる、鰻は夏痩にいいというから、とって食べたらどうだとそそのかしている。あとの歌は、痩せていようが命あってのものだね、鰻をとろうなどと一念発起して川に流されたりなんぞしなさんなと返す刀でからかっている。おためごかしでそそのかしておいて相手がその気になったとみるや冗談半分におどかす。散々笑い者にしているわけである。

この家持の二首を収める『万葉集』巻十六は一巻すべてが滑稽な歌の選集である。『古今集』では巻第十九に誹諧歌の項が立てられた。誹諧歌の誹は誹謗《ひぼう》の誹であるから本来「ハイ」とは読まないが『古今集』以来、誹諧と書いて「ハイカイ」と読ませるようになる。

むめの花みにこそきつれ鶯《うぐいす》のひとくひとくといとひしもをる　　読人知らず

梅の花を見にきただけなのに、お高くとまった鶯どもが「人がきたわ、人がきたわ」といってこの俺を嫌がっている。いつの世も口さがない少女たちのそぶりに傷ついたむくつけき男のやっかみだろうか。「ひとく」とは鶯の鳴声である。平安時代には「ひ」はΦと発音したから「ひとく」は今の「ホケキョ」に似ていなくもない。

誹諧歌の伝統は室町時代に隆盛を迎えた連歌という形式と出会って一気に花開く。連歌は複数の連衆が順番に五七五／七七／五七五／七七……という具合に長短の句をつけて一つの言葉の織物を編んでゆく「うたげ」の形式の文芸である。「うたげ」がなごやかにめぐるためにはおもしろおかしい言葉がなくてはならない。石麻呂をからかう家持の鰻の歌も『古今集』の鶯の歌も酒宴の席で座興として歌われた形跡がある。この誹諧歌の精神がやがて連歌という器に注がれて闊達な新天地が開かれた。

近世初めに誕生した俳諧の発句はさながら家持が石麻呂をからかったように千年間詠まれ続けてきた和歌の優美な世界をからかう。

梅がえにきゐる鶯春かけてなけどもいまだ雪はふりつつ　　読人知らず

この『古今集』の歌は雪の降りしきる中、ほころびはじめた梅に来て鳴く一羽の鶯を詠む。ところが、時代が下って『古今集』が歌の鑑と仰がれるようになると、鶯は鳴声を愛でるという型に歌の発想が固定されて、歌人はその型の中に幽閉されてしまう。こうして和歌はやがて鶯という鳥の実体を見失い、人々の日常の感覚からも遊離して、ただの「きれいごと」に陥っていった。

鶯や餅に糞《ふん》する椽《えん》のさき　芭蕉

芭蕉の句は、鶯は美しい鳴声を愛でるものという『古今集』以来の伝統に対して、実際にはこんな粗相をする鶯もいるぞと揺さぶりをかけているのである。権威や常識への異議申し立てこそが俳だった。

7

おもしろう松笠もえよ薄月夜　土《ど》芳《ほう》

服部土芳は芭蕉の故郷伊賀上野の人であり、芭蕉の信頼篤く、蕉門のお国家老ともいうべき存在だった。この句には「翁を茅舎《ぼうしゃ》に宿して」という前書があり、ある年の春、伊賀上野を訪れた芭蕉を土芳ができたばかりの庵に泊めた折に詠んだ句である。謡曲『鉢の木』の主、佐野源左衛門常世《つねよ》さながらに庭の松笠をかき集めて炉にくべ、芭蕉をもてなしたのだろう。

その土芳が芭蕉の没後にまとめた『三冊子《さんぞうし》』は京の去来《きょらい》が著わした『去来抄』とともに芭

蕉の言葉をよく伝えている。その『三冊子』の中に「俳諧は三尺《さんせき》の童にさせよ」という芭蕉の言葉がみえる。俳諧はむやみに言葉を飾らず、小さな子どものように思ったことをそのまま口にするのが大事というのである。

アンデルセン童話の『裸の王様』でも王様自身をはじめとして大人たちはみな仕立て屋の巧みな言葉に目をくらまされて王様が素っ裸であることに気づかないふりをするが、一人の子どもだけが誰にも遠慮せずに「王様は裸だ」と叫ぶ。この子どもこそは俳という字のモデルとなった古代中国の道化であり、芭蕉のいう三尺の童子であり、大群衆にまぎれた小さな俳諧師である。

俳という言葉は英語のクール(cool)という言葉に近い。英語のクールには涼しい、冷たいという意味のほかに冷静な、落ち着いたという意味がある。これが俳という字の思ったままをずばりというという意味と相通じるところがある。

私は中学、高校のとき、なぜか俳句を「カッコいい」と思っていたのであるが、今から思えばこの寸鉄のような俳句にあるクールさを感じていたのかもしれない。グラウンド・ゼロの「鎮魂の墳墓」計画案のために安藤氏が書いた文章を読んだときにすれ違ったように感じたのもこれと似た涼気だった。

第十一章　平気

1

いちはつの花咲きいでて我目には今年ばかりの春行かんとす

正岡子規

正岡子規にとって五月は厄月《やくづき》だった。学生時代に寄宿舎で大量の血を吐いたのも、新聞記者として日清戦争従軍の帰途、船上で大喀血《かっけつ》したのも五月だった。その後も五月が来るたびに病状は悪化し、子規は自分は五月に死ぬという妄想につきまとわれた。

いちはつの歌を詠んだのは明治三十四年（一九〇一年）五月二日のことだった。いちはつは杜若《かきつばた》に似た紫や白の花である。「今年ばかりの春」とは来年の春にはもはや自分はこの世の人ではないというのだろう。この五月半ばには新聞『日本』に連載中の「墨汁一滴」に「五月はいやな月なり。此《この》二、三日漸《ようや》く五月心地になりて不快に堪へず。頭もやや考《かんがえ》少しもまとまらず」と書いた。子規はその年の五月は生き延びた。

翌三十五年五月五日からは『日本』で「病牀六尺」の連載が始まった。ところが、その十三日にはかつてない激痛に襲われて生死の境をさまよう。三十一日、子規は「病牀六尺」二十一回目の文章を書いた。「余《よ》は今迄《いままで》禅宗の所謂《いわゆる》悟りといふ事を誤解して居た。悟りといふ事は如何《いか》なる場合にも平気で死ぬる事かと思つて居たのは間違ひで、悟りといふ事は如何なる場合にも平気で生きて居る事であつた」。

この年も恐れていた厄月の五月をどうにか乗り越えて、難所を振り返るかのような安堵の思いがこの文章から伝わってくる。子規はここで悟りとは平気で死ぬことではなく、どんなときでも平気で生きていることであるという。世間で常識と思われていることを一撃のもとにくつがえし、常識以上の新たな常識を打ち開く。いつものことながらここでの子規の思考は冴えている。

死を目前にしたこの時期の子規の体は体内のカリエスの病巣から噴き出してくる大量の膿が数か所に大きな空洞を作り、まさに生き腐れの状態であった。このため寝たきりとなり六尺の病床から一歩も出ることができず、耐えがたい苦痛から逃れるために麻痺剤を飲みモルヒネを打たなければならなかった。

五月最後のこの日、東京は前日から梅雨の走りの雨が降り続いていた。モルヒネ注射を打ってしばし痛みから逃れた子規は訪ねてきた門人たちと快活にしゃべっていたが、やがてモルヒネが切れるとまた苦悶の絶叫が起こる。夕方、門人たちが帰ってしまうと、絶え間ない苦痛に襲われる果てしなく長い夜が子規を待っていた。

「如何なる場合にも平気で生きて居る事」。思えば最晩年の子規はこの「平気」の一語に支えられていたのではなかったか。子規がこの世に書き残したこの言葉は子どもの声のように無邪気に響きながら、子規のみならず苦しみや悲しみに満ちた人生を生きてゆくわれわれにとっても大きな力となる言葉である。

子規は厄月の五月を越えてからなお四か月近く鉄板の上で炒《い》られるような苦痛の日々を「平気」で生き、九月十九日未明、力尽きたかのようにこの世を去る。

2

子規は俳句の革新者である。革新の革とは毛を取り除いた獣の皮のことであり、革新とは皮からボサボサに伸びた毛を取り除くように古いものを改めて新しくすることである。子規は俳句から古いものを取り除いていったん裸の十七音の言葉に戻したうえで新しく仕立てた服を着せて世に送り出した。子規が江戸俳諧から剝ぎとった最大のものは滑稽であり、新たに着せた最大のものはリアリズム、俳句の用語でいえば写生という方法であるとこれまで考えられてきた。子規が若くしてこの世を去ったのは明治三十五年(一九〇二年)のことであるから二十世紀の百年間、ずっとそう考えられてきたことになる。

ところが、子規の死から百年が経過して、どうもそうではないのではないかと思われる節がみえてきた。たしかに俳句の革新者であるにはちがいないが、その革新の中身となると俳句から江戸俳諧の滑稽を取り去って西洋伝来の写生という方法をつけ加えたといえるほど単純なものではないとうかがわせる証拠が出てきた。

その一つは大岡信《おおおかまこと》氏の選による子規句集『子規の俳句』の出版である。平成十四年（二〇〇二年）は子規没後百周年に当たった。これを記念して前年から増進会出版社版『子規選集』全十五巻の刊行が始まった。その中の一冊として出されたのが『子規の俳句』である。

この『子規の俳句』が出るまでは手軽に読める子規の句集といえば高浜虚子《たかはまきよし》が選んだ岩波文庫の『子規句集』しかなかった。この虚子選『子規句集』は子規没後四十年の昭和十六年（一九四一年）に初版が出版されている。それから六十年間、虚子が『子規句集』で選んだ子規の俳句が子規の印象を形作ってきた。

子規はわずか三十五年の生涯に二万三千六百あまりの句を詠んだ。この句数は十八歳以降、子規が記録している俳句の数であるから実際はもっと多いはずである。この中から虚子選『子規句集』は二千三百六句、大岡信選『子規の俳句』はちょうど千四百句を選んでいる。おもしろいことにこのうち虚子と大岡氏が重複して選んでいる句はわずかに約三百三十句しかない。二冊の選集はどちらも多くは虚子だけ、大岡氏だけが選んだ句で編まれていることになる。当然、そこから浮かび上がる子規の印象は大いに異なる。

一言でいうならば、虚子は子規のまじめな句を選んでいる。これに対して大岡氏は子規のおもしろい句を選んでいる。まず虚子が選んでいて大岡氏が選ばなかった句にはこんな句がある。

青々と障子にうつるばせを哉　　正岡子規
蓑笠を蓬萊《ほうらい》にして草の庵
名月や彷彿としてつくば山
政宗の眼《めだま》もあらん土用干
白萩のしきりに露をこぼしけり
絶えず人いこふ夏野の石一つ
春や昔十五万石の城下哉
ほろほろとぬかごこぼるる垣根哉
砂の如き雲流れ行く朝の秋
黒きまで紫深き葡萄かな

逆に虚子は選ばなかったのに大岡氏が選んだ句はこんな句である。

茗荷よりかしこさうなり茗荷の子
ずんずんと夏を流すや最上川
春雨のわれまぼろしに近き身ぞ
ひとり寐の紅葉に冷えし夜もあらん
唐辛子からき命をつなぎけり
竹の子の子の子もつどふ祝かな
鶏頭の十四五本もありぬべし
朝皃《あさがお》ヤ絵ノ具ニジンデ絵ヲ成サズ
枝豆ヤ三寸飛ンデ口ニ入ル
糞づまりならば卯《う》の花下しませ

正岡子規

四句目「ひとり寐の」の句には「愚哉《ぐさい》が持てる鹿の睾丸の袋に」という前書がある。愚哉は子規門の俳人である。画家でもあった。その愚哉が怪しげな巾着でも持参したのだろう。次の「唐辛子」の句には「物価騰貴《へきごとう》」とある。「竹の子の」には「古稀ノ賀」とある。十句目「糞づまりならば」の句は碧梧桐の家でかわいがっていたカナリヤが急に卵を産まなくなったときの安産祈願の句である。卯の花の咲くころに降り続く雨のことをいう「卯の花腐《くた》し」に「下す」をかけている。

虚子は今では子規の代表句の一つである「鶏頭の十四五本もありぬべし」を選ばず、大岡氏は子規が郷里松山を詠んだ「春や昔十五万石の城下哉」を選ばなかった。どちらか一方だけが選んだ句のうちわずか十句ずつではあるが、こう並べてみると、虚子が選んだ句はどこか生まじめであり、大岡氏が選んだ句はどこかおかしい。そこから浮かび上がる子規の風貌は一方は謹厳実直な改革者であるのに対して、一方は何にでも笑いという薬味を添えるのを忘れない滑稽家であるということになるだろうか。大岡氏が選句した『子規の俳句』を読んでいると、俳句革新を成しとげた子規は本当はよほどおかしな人ではなかったろうかと思えてくる。

では、なぜこれほどまでに虚子と大岡氏の選句がずれ、子規像が違ってしまったのだろうか。

この選を比べて思うのは虚子は子規が切り開き、自分が受け継いだ近代俳句の大道、笑いを排しリアリズムに徹するという原則に沿って子規の句を選んでいるということである。これに対して大岡氏はむしろそうした原則を度外視して、どの句がおもしろいかという自分の心の素直な動きをただ一つの拠りどころにして選句している。その結果、図らずも滑稽家子規の姿が百年ぶりに浮かび上がってきたということであるらしい。

近代俳句の原則のかげに隠れて見えなかった滑稽家という子規のもう一つの顔がふたたび明らかになるまでに百年という冷却期間が必要だったということでもある。俳句の革新者一辺倒の子規像は今後、根底から見なおされるだろう。

3

子規が滑稽家としての面目を遺憾なく発揮したのはその臨終の場面だった。

子規は明治三十五年九月十九日未明になくなる。その前日十八日の朝、碧梧桐は容態悪化の知らせを受けて子規の根岸の家に駆けつけた。午前十一時ごろ、子規は寝たまま画板を妹の律《りつ》に支えさせ、自分は左手でその下を持ち、板に貼った唐紙に絶筆となる糸瓜《へちま》の三句を墨で書いた。その場に居合わせて絶筆の介添え役を果たすことになった碧梧桐の回想「君が絶筆」によると、子規はまずいきなり紙の真ん中に、

糸瓜咲いて

と書きつけたが、「咲いて」の三字がかすれて書きにくそうだったので碧梧桐が墨をついで筆を渡すと、子規は少し下げて、

痰《たん》のつまりし

まで書いた。碧梧桐は「次は何と出るかと、暗に好奇心に駈《マ》られ《マ》て板面を注視して居る」。するど、子規は同じくらいの高さに、

仏かな

と書いたので、碧梧桐は「覚えず胸を刺されるやうに感じた」。ここで子規は投げるように筆を置いた。咳をして痰をとる。やがてふたたび画板を引き寄せて筆をとると、「糸瓜咲いて」の句の左に、

痰一斗糸瓜の水も間にあはず

と書いて筆を置くと、またしばらく休んで今度は右の余白に、

をとゝひのへちまの水も取らざりき

と書いた。子規は筆を置くことさえ大儀そうに持ったままでいる。穂先がシーッに落ちて墨の痕がついた。この三句をしたためてから十四時間後に子規はなくなる。明治の文人らしい壮絶な最期だった。

この絶筆三句も従来は悲劇的側面のみが強調されてきたきらいがある。しかし、よくよく眺めると、どれもおかしな句である。とくに最初の「糸瓜咲いて」の句は糸瓜の花かげで今にも絶命しようとしている自分を「痰のつまりし仏」などと笑っている。そこには病苦にあえぐ自分自身をただの物体であるかのように冷静に眺め、しかもそれを戯画にしておかしがる筋金入りの滑稽の精神が存在している。

二句目、三句目にある「糸瓜の水」とは糸瓜の蔓を切って根につながっている方の切り口を一升瓶などに挿しこんでおくと一夜にして水が溜まる。この糸瓜の揚げる水が「糸瓜の水」であり、古来、痰切りの薬とされてきた。「痰一斗」も「をとゝひの」の句も妙薬の糸瓜の水も甲斐なく、こうして自分はあっけなく死んでゆくといっている。この二句にも糸瓜

の水さながらにさらりとした滑稽の精神が働いている。

それまでは身辺のものに向けられていた子規の旺盛な滑稽の精神はいよいよ自分が臨終を迎えたとき、子規自身に向けられることになった。そうして詠まれた絶筆三句は子規という滑稽家の最後の燃焼だった。臨終の子規にとって人生は一幕の笑劇にほかならなかった。

4

吉原の太鼓聞えて更くる夜にひとり俳句を分類すわれは　正岡子規

子規がなくなったとき、病床のかたわらには「俳句分類」と称する六十六冊の和紙和綴じのノートが遺された。この「俳句分類」とは室町時代から江戸時代末期までの約五百年の間に詠まれたそれこそ膨大な数の句の中から十二万句を春夏秋冬の季題をはじめ、季題以外の雑《ぞう》の言葉、比喩や擬人法などの表現法、切れ字などの形式によって分類整理したいわば俳句の博物誌である。

今、糸瓜の項を引くと、こんな句が並んでいる。

犬の子の尻込したる糸瓜哉　水甫
月更《ふ》けて糸瓜の水や垂るる音　竹賀
顔におく糸瓜の露や後の月　盤中
雨気には必ず重き糸瓜哉　只眠
はつかしや糸瓜にかかる夕烟　成《せい》美《び》
白木槿《むくげ》糸瓜の中に咲きにけり　暁《きょう》台《たい》
水とりて妹か糸瓜は荒れにけり　蓼《りょう》太《た》
四町へも水を参らす糸瓜哉　仙興
仏にもこれには馴るる糸瓜哉　鬼《おに》貫《つら》
結構な垣せられたる糸瓜哉　葛《かっ》三《さん》

「俳句分類」は今までに二度、出版されたことがあるが、何しろどちらも全十数巻の大部であるからなかなか目に触れる機会がなかった。最近、その抜粋版『子規の俳句分類』（長谷川櫂編）が大岡信選『子規の俳句』と同じ『子規選集』の一冊として出版され、誰でも手軽にみることができるようにはなったが、そこに収録されている一万一千句は「俳句分類」全体からするとわずか十分の一にも満たない。「俳句分類」とはそれほどの大事業だった。

とても一病人の仕事とは思えない気の遠くなるほど壮大かつ細かな俳句の分類作業に子規はまだ二十代初めの学生時代に取りかかり、病のために寝たきりになるまで十年間にわたって断続的に続けた。たしかに「俳句分類」は大変な仕事にちがいなかったが、作業量をはるかにしのぐ豊かな収穫を子規にもらたすことになる。

一つは子規の俳句改革に豊富な資料を提供した。二つ目は子規の俳句の目を肥やし、腕が磨かれたことである。このどちらも子規没後百年間、あいまいなままにされてきた部分である。

日本の歴史は明治維新で分断され、江戸時代以前と明治時代以後は別の国の歴史のように扱われてきた。俳句の歴史もこれまで子規の俳句革新を境にしてそれ以前の江戸俳諧とそれ以後の近代俳句に分けてきた。子規の改革者としての顔が強調されるあまり、子規の俳句革新も子規の俳句も白紙から生まれてきたかのように考えられてきたのである。

実際の子規は「俳句分類」という作業を通じて江戸俳諧を咀嚼《そしゃく》し吸収し徹底的に学んだ。大岡氏が選んだ『子規の俳句』は子規の俳句が江戸俳諧から生まれたこと、さらに江戸俳諧は子規という連結器によって近代、現代の俳句へと直結していることを立証した。考えてみれば古い母胎あっての改革であり革新である。ここでも新は古からしか生まれなかった。

さて、子規が「俳句分類」の作業によって江戸俳諧から継承したものがもう一つある。それこそが俳諧の精神すなわち滑稽だった。

5

いざさらば雪見にころぶ所迄《まで》　芭蕉

貞享四年（一六八七年）冬、芭蕉は江戸をたって故郷の伊賀上野へと向かう。二年ぶりに郷里で年を越そうという今でいえば正月帰省の旅であった。予定どおり伊賀上野で正月を迎えたあと、芭蕉は足を伸ばして吉野山、和歌の浦、奈良、大坂をめぐり、初夏には須磨、明石にまでたどり着く。これが紀行文『笈《おい》の小文《こぶみ》』につづられた旅である。正月帰省であるから仕方ないとはいえ、江戸から伊賀上野までは冬の旅だった。

途中、名古屋に入ったのは十一月二十五日のことである。月が変わって十二月三日、門弟の夕道《せきどう》の家で連句の会があり、会の最中に雪が降り出した。その折に詠んだのが「いざさらば」の句である。ああ、雪になった。連衆の方々、私はここでおいとましてこの雪を見にまいります。では、ごきげんよう。滑ってころんだらそれまでのこと。

『古今集』は平安時代半ば十世紀初頭に誕生して以来、長い間、和歌にかぎらず日本人の暮らしのあらゆる分野で美の規範として君臨した。千百年を経た今でさえその呪力は消えてしまったわけではない。

ことに本領の和歌において『古今集』の呪縛は著しかった。入集した歌の作者や選者が思いもしなかったことだろうが、『古今集』は歌の詠むべき対象を規定し、詠み方を規定し、使う言葉を規定した。子規が辞世の句で詠んだ糸瓜などは『古今集』の歌にはないので歌の対象とみなされなかった。歌を詠むに際してはしみじみと心にしみ入るように詠むべきである。人を笑わせようなんてとんでもない。そもそも笑いなどは下品である。「ころぶ」などという言葉は『古今集』には出てこないから歌の言葉から除外されるべきであるという具合である。

雪はこんな風に詠まれていた。

雪ふれば冬ごもりせる草も木も春にしられぬ花ぞさきける　紀《きの》貫之《つらゆき》
みよしのの山の白雪つもるらしふるさとさむくなりまさるなり　坂上是則《さかのうえのこれのり》
みよしのの山のしらゆきふみわけて入りにし人のおとづれもせぬ　壬生忠岑《みぶのただみね》

ここで雪はあくまで美しい「しらゆき」として寒いのもこらえて心静かに愛でられる。雪見に出かけてころぶ人などどこにもいないし、いたとしても丁重に無視されるだけのことだろう。

ところが、芭蕉は雪見の句に和歌では無視され、まちがってもまぎれこむことの許されなかった「ころぶ」という言葉を使った。こうして俳諧は『古今集』の規範に異議を唱え、批判し、それを虚仮《こけ》にした。『古今集』以来の雅やかな世界を滑稽な笑いの世界へ転換することこそが俳諧の命だった。

子規が「俳句分類」を通じて学んだ最大の収穫が江戸の俳諧に脈々と受け継がれてきたこの滑稽の精神である。

6

晩年の芭蕉が唱えた「かるみ」とは滑稽の精神が深まったものである。「かるみ」というと言葉や表現の「かるみ」、軽い口振りと思われがちであるが、言葉や表現を内部から支えている心の持ちようの「かるみ」だった。いわば滑稽の極みが「かるみ」である。

蕉門の俳諧選集のうち「かるみ」を表に打ち出したのはいずれも芭蕉がなくなる元禄七年（一六九四年）に編まれた『別座鋪《べつざしき》』『炭俵《すみだわら》』『続猿蓑』の三つである。このうち『別座鋪』は江戸深川の門弟子珊《しさん》が編集した選集である。『炭俵』は野坡《やば》、孤屋《こおく》、利牛《りぎゅう》の編になる。『続猿蓑』は跋文《ばつぶん》には「何人の撰といふ事をしらず」と記されているが、芭蕉自身の選によるものだった。

この三つのうち「かるみ」の選集として最も目覚しいのは何といっても『炭俵』だろう。編者の野坡、孤屋、利牛は芭蕉の最晩年の弟子であるが、三人とも江戸駿河町にあった両替商越後屋の手代だった。芭蕉は「かるみ」を試みる連衆として、今でいえば東京三菱銀行の部長や課長を選んだことになる。

『炭俵』に入集した芭蕉とこの三人の句をみると、

うめが香にのっと日の出る山路かな　芭蕉
蓬萊に聞かばや伊勢の初便《はつだより》
傘《からかさ》に押しわけみたる柳かな
青柳《あおやぎ》の泥にしだるる塩干《しおひ》かな
するが地《ぢ》や花橘《たちばな》も茶の匂ひ
振売《ふりうり》の鳫《がん》あはれ也ゑびす講

四句目の「塩干」は「潮干」であり、干潟のこと。最後の「振売」は品物をぶら下げて売り歩くこと。ここでは雁を売り歩いているのである。

長松が親の名で来る御慶《ぎょけい》哉　　野坡
猫の恋初手から鳴いて哀《あわれ》也
夕すずみあぶなき石にのぼりけり
行雲をねてゐてみるや夏座敷
小夜《さよ》驟《しぐれ》となりの臼は挽きやみぬ
人声の夜《や》半《はん》を過る寒さ哉
空豆の花さきにけり麦の縁《へり》　　孤屋
こほろぎや箸で追ひやる膳の上
子は裸父はててれで早苗舟　　利牛
町なかへしだるる宿の柳かな

利牛の一句目の「ててれ」とは褌《ふんどし》のこと。江戸時代初期の絵描き久《く》隅守景《すみもりかげ》の『夕顔棚納涼図屛風』に描かれた夕涼みの父子を早苗を運ぶ小舟に乗せたかのような景色である。

どの句も心の中の喜びをそっと抑えているかのように、抑えている喜びがちらちらともれるかのようにみな楽しげである。ことに三人の筆頭格であった野坡の句は軽やかである。題材の幅が広くて変化に富み、芭蕉の没後、越後屋を辞めて俳諧師として立ち、樗門《ちょもん》と呼ばれる一大勢力を西国一帯に張ることになる力量が早くもうかがえる。今この人の句をかつての芭蕉や凡兆《ぼんちょう》の句と並べてみれば「かるみ」の人としての天稟《てんぴん》は明らかだろう。

山も庭もうごき入るるや夏座敷　芭蕉
行雲をねてゐてみるや夏座敷　野坡
灰《あ》汁《く》桶《おけ》の雫やみけりきりぎりす　凡兆
小夜鵶となりの臼は挽きやみぬ　野坡

芭蕉の句も凡兆の句もわずか数年前に詠まれた句である。この数年間に蕉門の句はこれほど軽快になった。

7

元禄七年（一六九四年）夏、『別座鋪』に次いで『炭俵』が出版されたとき、芭蕉はすでに江戸を離れ、最後の旅の途上にあった。この二つの選集は芭蕉が訪れた上方での評判も上々だった。九月、芭蕉は大坂に入るとさっそく江戸の杉風《さんぷう》に手紙をしたためて「上方筋、別座敷・炭俵ニて色めきわたり候。両集共手柄を見せ候」と『別座鋪』『炭俵』の評判を伝えている。杉風は江戸における芭蕉の後援者であり、『別座鋪』の編者子珊の後ろ盾だった人である。

ところが、こともあろうにその『別座鋪』をめぐって江戸の門弟の間でもめごとが起こる。杉風と並ぶ芭蕉の高弟であった嵐雪《らんせつ》がこの選集に異議を唱え、これ以後、江戸の蕉門は杉風と嵐雪の二つの派に分裂することになる。『別座鋪』の成功が皮肉にも門弟同士の仲を裂いたことになる。

一方、大坂では門弟の洒堂《しゃどう》と之道《しどう》が勢力を張り合って仲違いしていた。芭蕉が体調が思わしくないのに無理して上方へ向かったのは一つにはこの二人の仲裁をしなければならなかったからである。

この最後の旅の最中にさらに悲しいできごとが芭蕉の身に起こっていた。芭蕉が江戸をたつと間もなく、深川の芭蕉庵に残してきた寿貞尼《じゅていに》が身まかった。

数ならぬ身となおもひそ玉祭り　芭蕉

旅先の芭蕉が寿貞尼の死の知らせを聞いて詠んだ追悼の一句である。「玉祭り」とは魂祭り、お盆のことである。こうした門人同士の争いや愛する人との死別に次々と見舞われるなか、元禄七年十月十二日夕方、芭蕉はこの世を去る。

かつて子珊に俳諧とは何かと問われて芭蕉は「今思ふ体《てい》は浅き砂川を見るごとく、句の形、付心《つけごころ》ともに軽きなり」と語ったという。芭蕉が晩年に唱えた「かるみ」とはこうした人の世の争いや悲しみの渦中から生まれ、そこで育まれたものだった。いいかえると、人の世にあふれる争いや悲しみを笑いへと軽々と転じてゆくことこそが「かるみ」だった。それをさらりと「かるみ」といった。私が「かるみ」は単に言葉や表現上の問題ではなく、人の心の持ちようであり生き方の問題であるというのはこのことである。

芭蕉のみならず人生は辛酸に満ちている。楽しいこともうれしいこともあるにはあるだろうが、秤にかければ苦しみと悲しみの方が重い。この悲惨な人生を前にして歌人であればただ泣けばいい。しかし、俳人は苦しみや悲しみを笑いに転じる。人の世に満ちる悲惨の数々を最後まで見届ける。これが俳諧の精神であり、「かるみ」だった。芭蕉の死とはそういう死であった。

旅に病んで夢は枯野をかけ廻《めぐ》る　芭蕉

最後に遺されたこの句に悲愴ばかりを見てはいけない。「夢は枯野をかけ廻る」とは辛酸に満ちた人の世を死してなお見届けるという俳諧の精神そのものだろう。

芭蕉の死から三百年後、病苦にあえぐ子規は「悟りといふ事は如何なる場合にも平気で生きて居る事であつた」と書いた。子規を支えたこの「平気で生きて居る事」という悟りは実は晩年の芭蕉が唱えた「かるみ」のことだった。子規自身は気がついていたかどうか。それは「俳句分類」という作業を通じて江戸俳諧から子規へとたしかに受け継がれたものだった。

第十二章　老い

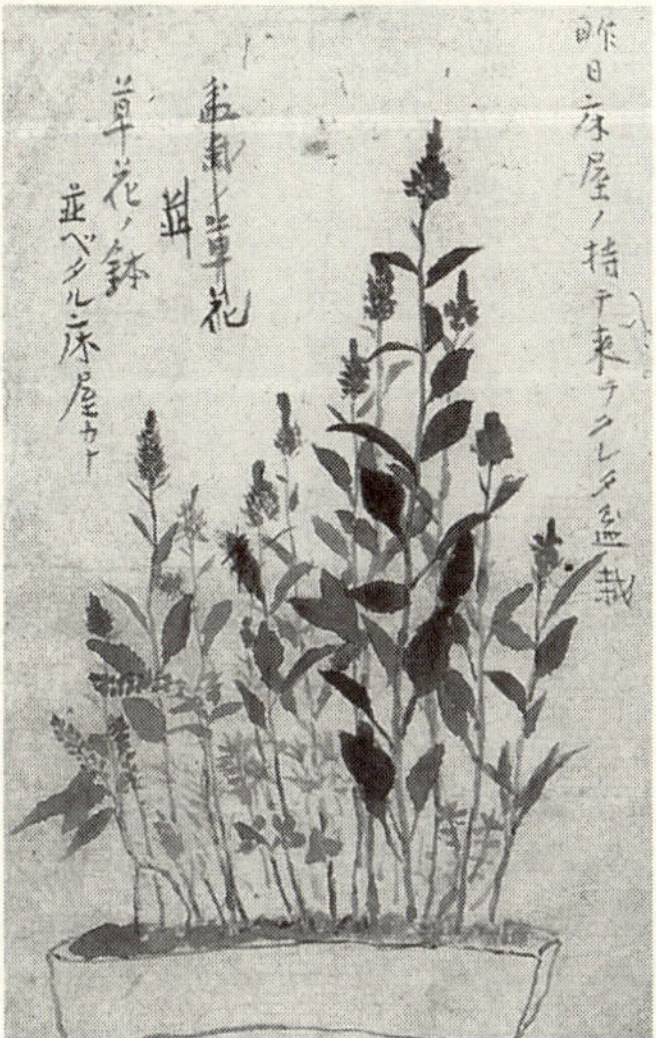

1

高浜虚子《たかはまきよし》は昭和三十四年（一九五九年）四月八日夕、鎌倉市原の台の自宅で八十五歳の生涯を終えた。この日は釈迦が生まれた日に当たり、鎌倉の寺々では灌仏会《かんぶつえ》が行なわれた。虚子庵の庭の桜は二、三日前の雷雨であらかた散り果てていた。

主治医の田中憲二郎順天堂大学教授は虚子の病について「脳幹部の延髄右側の出血であったと考えられる」（「虚子先生の病と共に」）と記している。虚子は大正九年（一九二〇年）、四十六歳のとき一度、脳溢血を起こしている。このときは軽いものだったが、以後、虚子は酒を断った。

それから三十年後の昭和二十五年（一九五〇年）、七十六歳のとき、ふたたび脳溢血が起きた。どちらも最期のときと同じ延髄右側の患部からの出血であったとみられる。田中主治医によると、「この部が犯されると舌がまがり動きが悪くなり物をのみこむことが出来なくなる」（同）という。

昭和三十四年四月一日夜、虚子は睡眠中に半昏睡状態に陥る。それから死にいたるまでの数日の間、脈拍、血圧、呼吸の数値はどれも春風にあおられてはためく蠟燭の炎のように激しく上下し、意識はやや回復したかと思うとたちまち混濁した。五日正午ごろ、宝生流の能楽師高橋すゝむが隣の間で謡を謡った。高橋は虚子の謡の師匠である。いと夫人が「もしや謡を聞かしてあげたら意識が戻るかもしれない」と見舞いに訪れた高橋に所望したのである。

虚子の父池内庄四郎政忠は四国松山藩の剣術監、祐筆であったが、明治維新以後は旧藩の能楽の保存に努めた人である。父の血を継いで虚子も謡が大好きだった。昭和二十五年の二度目の脳溢血のあと、謡を謡うと腹圧が高まり、血圧が上昇する恐れがあるという理由でやめさせられたことがあるが、すぐ再開している。

この日、高橋は意識不明の虚子が横たわる座敷の隣の間で「鞍馬天狗」を謡った。桜の花盛りの鞍馬山で牛若丸が鞍馬天狗から兵法を授かり、宿敵の平家を追討するよう鼓舞される花の能である。「花咲かば告げんといひし山里の、告げんといひし山里の、使ひは来たり馬に鞍、鞍馬の山のうず桜、手折《たおり》枝折《しおり》をしるべにて、奥も迷はじ咲きつづく、木陰に並《な》みゐて、いざいざ、花を眺めん」。

高橋が謡い続けるうち、にわかに空が真っ黒な雨雲におおわれて春雷がごろごろと轟きわたったかと思うと、どっと雹が降りしきった。満開だった庭の桜はたちまち散り果ててしまった。その三日後、虚子は夫人や大勢の子や孫や門弟たちに看取られて、安らかに息を引きとる。

2

虚子は闘う人であった。

虚子の俳句の拠点となった雑誌『ホトトギス』は明治三十年（一八九七年）、松山で柳原極堂によって創刊された。翌年、虚子が二十四歳のとき、この雑誌を極堂から引き継ぎ、東京で発行することになった。明治三十五年（一九〇二年）に後ろ盾の子規がなくなったあと、虚子は一時、小説に傾倒するが、同じ子規門のライバルであった碧梧桐《へきごとう》が新傾向俳句を起こすと、俄然、「平明にして余韻ある句の鼓吹」と「新傾向に反対すること」を掲げて俳句に復帰する。これが大正二年（一九一三年）、三十九歳のときのことである。

春風や闘志いだきて丘に立つ　　高浜虚子

「春風や」の句は碧梧桐と新傾向に対する宣戦布告の句であった。

そのころ、虚子は有季定型を墨守する自分の立場を「守旧派」と称したが、この「旧きを守る」という自称は虚子の姿勢をずいぶん大人しいものと誤解させるおそれがある。実際の虚子は決して守りの人ではなく、常に闘う人だった。
大正から昭和初期にかけて虚子は「客観写生」「花鳥諷詠」というスローガンを掲げて『ホトトギス』に集まる俳人たちを鼓舞し、その一方では虚子の陣営からはじき出された優秀な門人たちが次々に新風を起こしていった。戦時下では日本文学報国会の俳句部長として戦争を闘い、敗戦後は俳句に対する時代遅れの愚かな詩という非難と軽蔑のはびこる戦後という時代と闘った。この「闘う虚子」という巨大な台風の通り過ぎていった径路がそのまま近代俳句の歴史である。

闘志尚《なお》存《そん》して春の風を見る　高浜虚子

昭和二十五年（一九五〇年）春の吟である。虚子が生涯をとおして「闘う人」であることをいちばんわかっていたのは虚子その人だったろう。
その年の暮れ、二度目の脳溢血に襲われた直後、NHKから翌年の新春詠を求められて詠んだ句は虚子の代表句となっただけでなく古今の名句の一つになった。

去年《こぞ》今年《ことし》貫く棒の如きもの　高浜虚子

敗戦直後、虚子は新聞記者に問われて「(今回の戦争と敗戦によって)俳句は何の影響も受けなかった」と答えたことがある。桑原武夫《くわばらたけお》が戦後の混乱に乗じて「現代俳句は第一級の芸術ではなく第二芸術である」と俳句に鉾先《ほこさき》を向けたときにも、多くの俳人が動揺する中で虚子だけは「せいぜい第二十芸術くらいのところかと思っていたら十八階級特進したんだから結構じゃないか」と笑って動じなかった。

この句の「貫く棒の如きもの」もまた戦争に敗れたくらいでは何も変わらない俳句そのものであり、俳句に対する虚子の傲然《ごうぜん》たる自信そのものだろう。その「棒の如き」自信が去年と今年のすき間に垣間見えている。

虚子の死とはこうして生涯を闘ってきた人の死であった。

春の山屍《かばね》をうめて空《むな》しかり　　高浜虚子

就寝中に人事不省に陥る二日前の昭和三十四年三月三十日、虚子は鎌倉の婦人子供会館で開かれた句謡会に出席した。これが虚子の最後の句会となる。「春の山」の句はそこに投じた一句である。その日、会場には書家の中村春堂がしたためた漢詩の軸が掛けてあった。書家みずから源頼朝をしのんで詠んだ「鎌倉懐古」という七言絶句である。

鎌倉懐古　　　　　　　　　　中村春堂

廟柏汀松映海門　　廟柏汀松　海門に映ず

繁華事去夕陽昏　　繁華事去《ことさ》り　夕陽《せきよう》に昏《く》る

暮涼一片江山気　　暮涼一片　江山の気

中有英雄未死魂　　中に英雄の未だ死せざる魂《こん》有り

「春の山」の句はこの春堂の詩を眺めていておのずから生まれた句だった。「屍」とは源頼朝のなきがらであり、「空しかり」とは一人の英雄が世を去ったあとに生じた大きな空洞である。どちらも死にまつわる言葉を重ねながら一句としては決して陰々滅々とはならず、そこには「春の山」という言葉の働きが大きくかかわっているのであるが、この句はしっとりと潤った春の大気のような明るい空虚感に満ちている。

春堂の詩を前にしたとき、虚子は七百年以上も昔、頼朝の死後に鎌倉の空を領した空しさを今のことのようにありありと感じたのだろう。戦乱の世を生き、ここ鎌倉に幕府の礎を築いた武人の死に対して、同じく生涯を俳句の内外の敵と闘ってきた虚子の胸中ににわかに湧きあがった共感がこの「空しかり」ではなかったろうか。

このしんとして明るい空しさこそ虚子が長い闘いの人生の果てにたどり着いた世界だった。虚子がこの世を去ったのはそれから九日後のことである。

3

昭和三十四年(一九五九年)春、虚子が鎌倉の自宅で残り少ない日々を送っていたころ、七十二歳の谷崎潤一郎は相模湾を一望する熱海伊豆山の家で前年十一月に起こった脳溢血以来の右手の麻痺に悩まされていた。このとき、すでに谷崎は十一年前に『細雪』を書き上げ、五年前に『源氏物語』の二度目の現代語訳も終え、三年前には『鍵』を発表して、今や堂々たる老大家だった。

谷崎を襲った脳溢血はこれが初めてではなかった。昭和二十七年(一九五二年)四月、東京行きの電車が新橋に到着する間際、棚の荷物を降ろそうとして「左の脚より右の脚の方が少し長くなつた気持」に急に襲われたことがあった。そのあと、右足の不自由、記憶の空白、激しい眩暈などの症状がしばらく続いたが、治療の末、一年後にはどうにか快復した。

昭和三十三年十一月の脳溢血は虎ノ門の定宿福田家に滞在中に起こった。十日ほどそこで安静にしてから熱海の家に帰ったが、依然、右手が麻痺したままだったので自分で筆をとって書くことを諦め、これ以降、口述筆記を頼むことになる。それから二年後の昭和三十五年十月、今度は狭心症の発作に襲われてしばらく東大病院に入院し、暮れに退院する。

その翌年八月、谷崎は『瘋癲《ふうてん》老人日記』の口述をはじめた。この小説はその年の『中央公論』十一月号から翌年五月号まで七回にわたって連載された。物語は谷崎の分身らしい卯木《うつぎ》督助《とくすけ》という七十七歳の老人がカタカナで書く日記という形で進められる。谷崎自身が語ったという言葉を借りれば「いい年をして息子の妻にうつつを抜かし、変てこな夢物語を日記に書く狒爺《ひひじじい》」の話である。これを読んだ谷崎の昔からの読者は五年前の『鍵』に次いで性懲りもなく老大家がつづる痴話に半ばあきれつつも魅了されたにちがいない。

『瘋癲老人日記』の主人公の卯木は男性としてはすでに「不能ニナッタ老人」である。高血圧症で体じゅう相当ガタがきていて死の瀬戸際にいながら息子の妻である颯子《さつこ》に気がある。「不能ニナッテモ或ル種ノ性生活ハアルノダ」。颯子はマチスの絵のモデルの女のように健康で野蛮な色気の持ち主であり、卯木老人は結婚前はダンサーだったとかいう颯子の「綺麗ナ足」にことのほか惚れこんでいる。

その颯子は颯子で自分に対する老人の執心を知っていて、夫の従弟との仲を見せつけたり、シャワーを浴びながら老人に足にキスさせたり、挙句の果てにはネッキングをさせてあげた代わりに三百万円の猫眼石の指輪を買わせたりしてこの「可哀想ナ老人」をいたぶりながら狂喜させる一方で、颯子自身も老人との悪ふざけを楽しんでいる。

墓所を探すために颯子と看護婦に付き添われて京都に滞在しているとき、卯木老人はこの颯子への、ことに「柳鰈ノヤウニ華奢デ細長イ」足への執着が高じて颯子の足の裏をかたどった仏足石を彫って自分の墓石にしようと思い立つ。颯子の仏足石の下に葬られたい。もしそれが実現すれば老人は飽くことのない願望どおり死後永遠に颯子の足に踏みつけられることになる。「泣キナガラ予ハ『痛イ、痛イ』ト叫ビ、『痛イケレド楽シイ、コノ上ナク楽シイ、生キテキタ時ヨリ遥カニ楽シイ』ト叫ビ、『モット踏ンデクレ、モット踏ンデクレ』ト叫ブ」。

この罰当たりな妄想に駆られた老人はただちに計画を実行に移す。京都ホテルの一室で颯子と二人きりになると、朱を染みこませた紅絹《もみ》のタンポで颯子の両足の裏を叩いて色紙を踏ませ、夢にまでみた颯子の足の拓本をとることにまんまと成功する。

この卯木老人は谷崎自身の容赦なき戯画である。谷崎はここで性的な能力を失ってもなお若い女性を愛し、死を恐れつつ死に赴こうとしている「可哀想ナ老人」である自分を笑っている。この小説が老人の性と死という下手をすれば陰惨な話とならざるをえない重い問題を扱っているのにもかかわらず、さながら原色があふれ大胆に構成されたマチスの絵が動き出したかのようにむしろ洒落た明るい印象を与えるのはこの徹底した笑いの力によるのだろう。

谷崎は長い人生の果てに老いて死と直面したとき、死の恐怖を跳ねのけようとするかのように、あるいは死と和解を図ろうとするかのように笑いの世界へと転じた。『瘋癲老人日記』は谷崎の俳諧なのである。当時、谷崎は七十五歳であったから、この物語は自分自身の二年後の近未来の話として書いたことになる。

4

谷崎が『瘋癲老人日記』を書く前後、谷崎の実生活でも小説と似た現象が進行しつつあった。

トレアドルパンツの似合ふ渡辺の千萬子《ちまこ》の繊《ほそ》き手にあるダリア　谷崎潤一郎

渡辺千萬子という女性は谷崎の三人目の妻である松子夫人と前夫との間に生まれた長男の嫁であるが、この長男は松子夫人の妹渡辺重子の養子となったので、谷崎にとって戸籍上は義理の甥の嫁ということになる。日本画家の橋本関雪の孫娘として京都の医者の家に生まれ、同志社大学で学んだ聡明で美しい、それこそ谷崎の歌のとおり「トレアドルパンツの似合ふ」近代的な女性だった。「トレアドルパンツ」とは闘牛士のパンツをまねてデザインされた大腿《ふともも》をぴたっと包む膝丈のショートパンツである。

谷崎がまだ京都下鴨の糺《ただす》の森の奥に屋敷を構えていた昭和二十六年（一九五一年）五月、千萬子氏は谷崎の義理の甥と結婚し、同じ敷地内の別棟で暮らすことになる。このときから谷崎との足かけ十五年におよぶ交流がはじまった。

つまいもうと娘花嫁われを囲む潺湲亭《せんかんてい》の夜のまどゐ哉　　谷崎潤一郎

この歌の「潺湲亭」は下鴨の屋敷のこと、「つま」は松子夫人、「いもうと」はその妹の渡辺重子、「娘」とは松子夫人と前夫との娘で谷崎の養女となりのちに観世栄夫氏と結婚することになる恵美子氏、「花嫁」が千萬子氏である。

やがて谷崎一家が熱海に移り、若夫婦も北白川の新居に越してからは谷崎と千萬子氏の間で書簡がやりとりされるようになる。やりとりは年を追うごとに頻繁になった。平成十三年（二〇〇一年）二月、二人の間で交わされた書簡のうち二百通以上を収めた『谷崎潤一郎＝渡辺千萬子往復書簡』が出版された。

「パラソルのことはきはめて素敵なのがあったらほしいといふ意味で是非ほしいといふので

はありません。（中略）今ほしいなと思ってるのは真珠の一つ玉のイヤリングと二重のネックレスで　これだって大していいのでないのならもう持ってゐるのですから大慾張りなのです」（昭和三十三年七月二十四日、千萬子）

「パラソルとイヤリングとネックレスがほしい由のお話、喜んで三つとも買ひます、値段の高いものでも構ひませんから是非私に買はせて下さい、ただ私が買つて上げたと云ふことにせず自分で買つたことにして下されば今後何品に依らず私のふところで都合出来るだけのことはしますから含んでおいて下さい、一緒に銀座をうろついて何か又捜しませう」（同月二十七日、潤一郎）

初めのうち千萬子氏は老獪な獅子の鼻先に迷い出た白い子兎のようなものであったにちがいない。ところが徐々に二人の立場が逆転してゆく。獅子は子兎にかしずき、子兎は獅子に君臨するようになる。それとともに言葉が熱を帯びてくる。

5

「私の夢は、あのこの間の靴よりももつとしやれた、もつと高級な、あなたでなければとても穿けないやう《ママ》素晴らしい靴をこしらへてあなたの足がそれを穿《は》いてゐるところを見ることです、今度東京へいらしつたらこしらへる気はありませんか（宝石入りか何かにして）或いは室内履《しつないばき》の方がいいかも知れません　ウンとゼイタクなものにして」（昭和三十七年九月二日、潤一郎）

「昨夕　支那の靴とどきました。さすがは本場のものだけあって　はいてみるとピタっと肌に吸ひつくやうではき心地満点です。赤い模様もはれ立って細くきれいな足もとにみえます。どうも有難うございました。今度もって行ってお目にかけます」（同年十二月一日、千萬子）

「志那沓《しなぐつ》お気に召して結構でした　あのアナタの足型の紙は私が戴いておきたいので御返送下さい　新しく書いて下すつても結構です」（同月五日、潤一郎）

「香港の花の刺繡の紅き沓沓に踏まるる草とならばや」（昭和三十八年三月七日、潤一郎）

「薬師寺の如来の足の石よりも君が召したまふ沓の下こそ」（同年五月十七日、潤一郎）

「一度アナタに何かの刺戟を与へてもらつたら今の十倍も物が書けると思てゐます　沓の刺戟でも結構です」（同年六月二十二日、潤一郎）

「先日は梅園ホテルで二日間も他人を交へずお話を聞くことが出来いろいろ教へていただくことが出来ました。こんな嬉しいことはありませんでした、一生忘れられません、これから後もああ云ふ機会を与へて下さつたらどんなに貴重な刺戟になるか知れません、おかげで当分創作熱がつづくと思ひます　殊にあなたの仏足石をいただくことが出来ましたことは生涯忘れられない歓喜であります　決してあれ以上の法外な望みは抱きませんから何卆たまにはあの恵みを垂れて下さい　ほんたうに活を入れていただいて少しはよいものが書けることと張り切てをります」（同年八月二十一日、潤一郎）

この最後に引用した手紙で谷崎が歓喜している「あなたの仏足石をいただくことが出来ましたこと」とはいったい何だろう。この日、熱海の梅園ホテルで何が起こったのか。

もとより小説の登場人物は作家が興味を抱いた多くの人間からなる合金《アマルガム》である。小説家はある人間からは足、別の人間からは顔というようにさまざまな人間から盗んできたさまざまな部品を想像力の中で組み上げて登場人物をこしらえる。その結果、どこにもいないのに、どこにでもいる人物ができあがる。モデルは誰かと詮索してみても始まらない。

颯子もきっとそのようにして生まれた。谷崎が書簡の中で「僕は君のスラックス姿が大好きです、あの姿を見ると何か文学的感興がわきます、そのうちきつとあれのインスピレーションで小説を書きます」（昭和三十四年一月二十日）と告白しているとおり、千萬子氏の印象が一つの刺激となって『瘋癲老人日記』が書かれたのかもしれない。しかし、渡辺千萬子氏から小説の中の颯子ができあがるまでには聡明さを削り、その代わりに無邪気な悪魔ぶりを加えて、さらにいくつかの工程をへなければならないだろう。

この往復書簡集に収録されている書簡は昭和二十六年八月四日から四十年一月五日までに

書かれたものだが、谷崎が『瘋癲老人日記』を口述したのは三十六年八月から翌三十七年春のことであるから、三十七年九月二日の谷崎の手紙から始まる赤い模様の入った支那靴をめぐる書簡のやりとりは谷崎が小説を書き上げ、さらに本となったあとのことなのである。谷崎も千萬子氏も自分たち二人のしていることととても似たことが『瘋癲老人日記』の中で卯木老人と颯子の間でくりひろげられていたということを百も承知であったはずである。

谷崎は先に自分が小説に書いたことを今度は千萬子氏を相手にして実際にやってみようとしていたのではなかったろうか。颯子と卯木老人のまねごと、いわば「瘋癲老人ごっこ」をしようとしたのではないか。

昭和三十八年七月二十四日は谷崎の七十七歳の誕生日だった。『瘋癲老人日記』の口述を開始したときからすでに二年がたち、この日、谷崎は卯木老人と同じ年齢になった。「あなたの仏足石をいただくことが出来ました」と歓喜する八月二十一日の手紙を書いたとき、谷崎は小説に描いた近未来の自分に追いついたのである。

何という老人だろうか。颯子のせりふを借りれば「ヂヂイ・テリブル!」ということになる。

6

『谷崎潤一郎＝渡辺千萬子往復書簡』は昭和四十年（一九六五年）の新年早々に谷崎が書いた不機嫌な手紙で終わる。文中に「たをり」とあるのは千萬子夫妻の長女、谷崎にとっては義理の孫に当たる少女である。

「たをりは無事到着いたしましたからどうぞ御安心下さい　私はその日に来るものと思って居りましたのに一日遅れて来ましたので　ききますとあなた方夫婦はこちらから迎へにやつたお手伝いさんに留守番をさせて一日中年始廻りに出かけたさうですが　私方では一日でも多くたをりに居て貰ひたくてそのために迎へにやつたので留守番のためにやつたのではないのです」（昭和四十年一月五日、潤一郎）

これが千萬子氏にあれほど数多くの熱烈な手紙を書いた谷崎が同じ人にあてて書いた手紙かと目を疑うほど打って変わって冷ややかな文面である。ことに相手をわざと遠ざけるためにここにはさみこまれたとしか思えない「ききますと」という他人行儀な一言が氷の刃のように突き刺さっている。

谷崎の「瘋癲老人ごっこ」はここで終わった。この年七月二十四日、谷崎は湯河原の新居で七十九歳の誕生日を祝った。その翌日、体調を崩し、七月三十日、松子夫人に守られてこの世を去る。

大作家のことをよく文豪というけれども、この言葉は人を選ぶ。文豪とは文字どおり文において豪の者、豪なる文人という意味であるが、この豪という漢字には二つの意味があって一つは豪華の豪、すなわち豊かという意味であり、もう一つは豪傑の豪、すなわち強いという意味である。

この豊かという意味の文豪とは何よりも質量ともに豊かな作品の世界を築いた人でなければならない。いくつものすぐれた作品を書くには長い時間を要するから、当然、長く生きた人ということになる。この点からすると、若くして死んだ人は文豪とはいえない。

次に、強いという意味の文豪とは果敢に人生を最後まで生きた人でなければならない。とすると、芥川龍之介、太宰治、三島由紀夫、川端康成のようにみずから命を断った人は文豪と呼べないだろう。

この二つの意味をあわせると、文豪とは勇敢に長寿をまっとうした人ということになるだろう。これに最もよく当てはまるのは日本の作家では谷崎である。三島由紀夫が谷崎を「大谷崎」とたたえたのはまさに的を射たことだった。

俳句という文芸に昔から脈々と伝えられてきた滑稽の精神も実はこれと同じである。長くこの世にあれば人は年老い、病気になり、やがて必ず死ぬ運命にある。「予ガ我ナガラキタナラシイ皺クチャ爺デアルコトハ自分デモヨク知ッテキル。夜寝ル時ニ義歯ヲ外シテカラ鏡デ見ルト実ニ不思議ナ顔ヲシテキル。上顎ト下顎トニ自分ノ歯ハ一本モナイ。歯齦《はぐき》モナイ。口ヲ結ブト上唇ト下唇ガペチヤンコニ喰ッ着キ、ソノ上ニ鼻ガ垂レ下ッテ来テ頤ノ方マデ落チテ来ル。コレガ自分ノ顔ナノカト呆レザルヲ得ナイ。人間ハオロカ、猿ダッテコンナ醜悪ナ顔ハシテキナイ」。卯木老人は日記にそう書いた。

若い日に夢見たようないいことばかりではなく、実際に生きてみるとむしろつらいことの方が多い。長く生きれば生きるほど辛酸の嵩《かさ》は増す。罠にも似た人生を中途で見切らずに最後まで見届ける。何のために？　何のためにでもなく、ただこの世の果てを見届けるために見届ける。これが滑稽の精神であり、それを芭蕉は「かるみ」にまで高め、子規は「平気」といいかえた。自殺は俳句の対極にある。

7

近代は若者たちの時代だった。明治維新を実現した志士たちも病床で俳句革新を成しとげた子規もみな若かった。海外から珍しい文物が相次いでもたらされ、科学技術は新しいものを次々に生み出し、切り開かれるべき辺境は若者たちの前に果てしなく広がっていた。反対に老人たちの居場所はどこにもなかった。

ところが、それから百年の時が過ぎて、若者たちの前に広がっていた辺境はすっかり消え失せてしまった。その代わりに医療の進歩によって長寿を約束された人々の前に老いという果てしない時の辺境が広がっている。誰もが自分の内に現われたこの新たな辺境の前で戸惑っている。

虚子や谷崎はこの老いという辺境を果敢に、子規の言葉を借りれば「平気」で歩いていった人たちだった。そして、老いの深淵を垣間見た。

世の中を遊びごころや氷柱折る　　高浜虚子

昭和二十年（一九四五年）八月十五日の日本の敗戦を虚子は疎開先の信州小諸で迎えた。虚子は十九年秋から二十二年秋までの三年間をここ小諸で過ごした。高原だけあってさすがに夏は過ごし易かったものの、冬の寒さは温暖な鎌倉の比ではなかった。戦後ここに虚子を訪ねたことのある田中主治医の書いたものによると、「風呂をこぼれた湯はたちまち凍り、寝息のかかる布団の襟が凍るような寒さであつた」（「虚子先生の病と共に」）という。

「世の中を」の句は敗戦の翌年二月の句である。戦争は終わったものの日本中を混乱と飢えがおおっていた。地獄草紙、餓鬼草紙さながらの世の中の姿を背景においてこの句を読むと、この「遊びごころ」という言葉はやはり際立っている。下界の苦しみを天上から眺めているかのような非情さが匂い立っている。

戦争末期、小諸に訪ねてきた門弟の中村草田男に日本の行末はどうなると思うかときかれて、虚子は「なるようになる」と答えたという。たしかに何事もなるようになるし、なるようにしかならないだろう。そうした心持ちで世の中を眺めている。この「遊びごころ」もまた芭蕉が「かるみ」へと昇華し、子規が「平気」と喝破した滑稽の精神の虚子的な変奏にほかならない。

敗戦の年、虚子は七十一歳だった。まぎれもなく老人である。そして、戦後の十四年間はそのまま虚子の晩年と重なる。この晩年に虚子はいくつもの名句を残した。

初笑深く蔵してほのかなる　昭和二十一年
去年今年貫く棒の如きもの　昭和二十五年
悪なれば色《いろ》悪《あく》よけれ老の春　昭和二十八年
蜘蛛に生れ網をかけねばならぬかな　昭和三十一年

風生《ふうせい》と死の話して涼しさよ　昭和三十二年

山寺の一現象の夕立かな　昭和三十三年

昭和の年数に五十一をたせば虚子の歳になる。一句目の「初笑」は新年を迎えて初めて笑うこと。三句目の「色悪」は歌舞伎で二枚目かとまがうばかりの美男子の悪党。『東海道四谷怪談』の民谷伊右衛門も『かさね』の与右衛門も女をだましたあげくに惨殺する。五句目の「風生」は弟子の富安風生。そして、最後が死の九日前に詠まれた「春の山」の句だった。

春の山屍をうめて空しかり　昭和三十四年

どれも非情な「遊びごころ」の句である。

あとがき

俳句は世界でいちばん短い詩であるが、このわずか十七音の詩の型式は日本人の宇宙観と人生観のみごとな結晶である。

それは大きな鐘のようなもので、打つ人の願いに応じて小さく鳴らすこともできれば大きく響かせることもできる。つまり、趣味と割り切ってつきあえば一生のよき趣味であるだろう。しかし、もっと大きく響かせようと思えば俳句から人生全般にわたる智恵を汲みとることができる。衣服や料理や住居というありふれたものから生き方や死に方にまで及ぶ壮大な智恵である。

ときには俳句はその人の人生を変えてしまうことさえある。芭蕉は旅のうちに人生を送り、子規は六尺の病床で人生を終えた。しかし、芭蕉は旅のつれづれの慰めに俳句を詠んだのではなく、子規もまた病の気晴らしに俳句を詠んだのではない。芭蕉は俳句に誘われて旅立ったのであり、子規は俳句に助けられて重い病と闘った。俳句を今日はじめた人は十七音の詩をはじめたと思っているかもしれないが、実は知らないうちに芭蕉や子規と同じく俳句という生き方を選択したのである。
この本はこうした俳句と生活や人生とのかかわりについて、興のおもむくままに書きつづったものである。俳句を詠む人にとって俳句はしばしば密室の中の秘めごとであり、俳句を詠まない人にとっては密室の中のよそごとである。この本がその互いの壁を壊し広々とした時空を開くささやかなきっかけになれば著者としてこれにまさる喜びはない。

この本を書くにあたって、多くの人と本の恩恵に浴しました。芦屋市谷崎潤一郎記念館の荒川明子学芸員からは数々の資料の提供を受けました。第十二章で引用した中村春堂の漢詩の訓読は虚子記念文学館の小林祐代《きちよ》学芸員によるものです。
この本がわが敬愛する谷崎潤一郎ゆかりの中央公論新社から世に送り出されることをまことに光栄に思います。中村仁社長、小林敬和雑誌・書籍編集局次長、松室徹中公新書編集部部長、最後に担当の小野一雄氏に心よりお礼申し上げます。

二〇〇三年十二月一日

長谷川　櫂

俳句索引

【ア行】

【サ行】

【タ行】

【ナ行】

【ハ行】

【ヤ行】

【ラ行・ワ行】

【脇句】

短歌索引

121, 168, 169, 187, 192, 196, 197, 212, 213, 217, 221, 222, 237, 239, 240, 242-245, 265, 267, 270
松永貞徳（まつなが・ていとく）　137
丸谷才一（まるや・さいいち）　149, 189
三島由紀夫（みしま・ゆきお）　264
源頼朝　68, 69, 253
壬生忠岑（みぶのただみね）　238
三宅一生（みやけ・いっせい）　117
三宅嘯山（みやけ・しょうざん）　168
宮本武蔵（みやもと・むさし）　2-4
明恵（みょうえ）　135
向井去来（むかい・きょらい）　9, 11, 34, 120, 187, 203, 221
武藤紀子（むとう・のりこ）　175, 180-182
村上天皇　135
目蓮（もくれん）　141
森鷗外（もり・おうがい）　129

【ヤ行】

柳生石舟斎（やぎゅう・せきしゅうさい）　2-4, 7, 41, 43
柳生宗矩（やぎゅう・むねのり）　2
柳原極堂（やなぎはら・きょくどう）　250
野坡（やば）　→志太野坡（しだ・やば）
与謝蕪村（よさ・ぶそん）　8, 26, 42, 80-82, 84, 90, 92, 121, 154, 168, 173
吉岡清十郎（よしおか・せいじゅうろう）　2
吉岡伝七郎（よしおか・でんしちろう）　2-4, 7, 41
吉川英治（よしかわ・えいじ）　2
吉田兼好（よしだ・けんこう）　97, 100

【ラ行】

楽長次郎（らく・ちょうじろう）　117, 170, 171
嵐雪（らんせつ）　→服部嵐雪（はっとり・らんせつ）
利牛（りぎゅう）　→池田利牛（いけだ・りぎゅう）
良寛（りょうかん）　119
蓼太（りょうた）　→大島蓼太（おおしま・りょうた）
ルーベンス　185
路通（ろつう）　→斎部路通（いんべ・ろつう）

【ワ行】

若山牧水（わかやま・ぼくすい）　179
渡辺純枝（わたなべ・すみえ）　175
渡辺千萬子（わたなべ・ちまこ）　257-263

う）　9, 11, 195, 196, 198
永井荷風（ながい・かふう）　129
中村草田男（なかむら・くさたお）　267
中村春堂（なかむら・しゅんどう）　252, 253, 271
夏目成美（なつめ・せいび）　235
夏目漱石（なつめ・そうせき）　129
イサム・ノグチ　117, 131, 132
野口米次郎（のぐち・よねじろう）　132
野沢凡兆（のざわ・ぼんちょう）　13-15, 120, 242

【ハ行】

橋本関雪（はしもと・かんせつ）　257
橋本毅彦（はしもと・たけひこ）　143, 144
芭蕉（ばしょう）　→松尾芭蕉（まつお・ばしょう）
長谷川櫂（はせがわ・かい）　16, 29-31, 48, 50, 52, 96, 103, 114, 125, 132, 134, 160, 170, 175, 180, 182, 192, 194, 199, 204, 235
服部土芳（はっとり・どほう）　221
服部嵐雪（はっとり・らんせつ）　243
浜田洒堂（はまだ・しゃどう）　243
原石鼎（はら・せきてい）　197, 198
盤中（ばんちゅう）　235
広瀬惟然（ひろせ・いぜん）　196
トム・フォード　164
福沢諭吉（ふくざわ・ゆきち）　145, 146
藤原俊成（ふじわらのしゅんぜい）　70-74
藤原定家（ふじわらのていか）　74, 80, 167
藤原時平（ふじわらのときひら）　147, 167
藤原敏行（ふじわらのとしゆき）　154
蕪村（ぶそん）　→与謝蕪村（よさ・ぶそん）
二葉亭四迷（ふたばてい・しめい）　129
R・H・ブライス　212
プルースト　164
碧梧桐（へきごとう）　→河東碧梧桐（かわひがし・へきごとう）
チャールトン・ヘストン　204
ウリ・ベッカー　189, 191, 192
オードリー・ヘップバーン　164
ジョン・ボーソン　112,116-118, 132
アン・ホランダー　163, 165
本阿弥光悦（ほんあみ・こうえつ）　43
凡兆（ぼんちょう）　→野沢凡兆（のざわ・ぼんちょう）

【マ行】

正岡子規（まさおか・しき）　121, 122, 167, 169, 172, 217, 224-234, 236, 238, 239, 245, 250, 265-267, 270
松尾芭蕉（まつお・ばしょう）　8-13, 15, 17-19, 32-34, 37, 43, 61, 81, 82, 84, 91, 92, 108, 116, 120,

寿貞尼（じゅていに）　244
嘯山（しょうざん）　→三宅嘯山（みやけ・しょうざん）
丈草（じょうそう）　→内藤丈草（ないとう・じょうそう）
召波（しょうは）　→黒柳召波（くろやなぎ・しょうは）
昭和天皇　58
白河法皇　68
白洲正子（しらす・まさこ）　86, 87
水甫（すいほ）　235
菅原道真（すがわらのみちざね）　147, 167
杉本博司（すぎもと・ひろし）　117
杉山杉風（すぎやま・さんぷう）　243
世阿弥（ぜあみ）　72, 77, 83
成美（せいび）　→夏目成美（なつめ・せいび）
雪舟（せっしゅう）　43
仙興（せんきょう）　235
千利休（せんのりきゅう）　42, 43, 170
宗祇（そうぎ）　→飯尾宗祇（いいお・そうぎ）
荘子（そうし）　93, 94

【タ行】

太祇（たいぎ）　→炭太祇（たん・たいぎ）
醍醐天皇　166, 167
平清盛　68
平維盛　68, 70
平貞盛　69
平重盛　68
平忠度　68-76, 83, 84
平忠盛　68, 70
平将門　69
平基盛　68
高井几董（たかい・きとう）　168
高田正子（たかだ・まさこ）　175
高橋すゝむ（たかはし・すすむ）　249
高浜虚子（たかはま・きょし）　106, 107, 122, 142, 162, 227, 228, 230, 248-254, 266-268
太宰治（だざい・おさむ）　264
田中憲二郎（たなか・けんじろう）　248, 266
谷川俊太郎（たにかわ・しゅんたろう）　189, 191
谷崎潤一郎（たにざき・じゅんいちろう）　46-57, 62, 125-132, 254-264, 266, 271
炭太祇（たん・たいぎ）　90, 168
竹賀（ちくが）　235
長太郎（ちょうたろう）　18
坪内逍遥（つぼうち・しょうよう）　129
貞徳（ていとく）　→松永貞徳（まつなが・ていとく）
杜甫（とほ）　92
土芳（どほう）　→服部土芳（はっとり・どほう）
富安風生（とみやす・ふうせい）　268
友枝昭世（ともえだ・あきよ）　75, 76, 83
豊臣秀吉　42, 43

【ナ行】

内藤丈草　（ないとう・じょうそ

（うえじま・おにつら）
折井愚哉（おりい・ぐさい）　229

【カ行】
櫂（かい）　→長谷川櫂（はせがわ・かい）
葛三（かっさん）　→倉田葛三（くらた・かっさん）
加藤暁台（かとう・きょうたい）　168, 235
鴨長明（かものちょうめい）　74, 119-121, 124, 203
川端康成（かわばた・やすなり）　264
河東碧梧桐（かわひがし・へきごとう）　229, 231, 232, 250
川和田晶子（かわわだ・あきこ）　145
桓武天皇　26
木曾義仲　68, 70
几董（きとう）　→高井几董（たかい・きとう）
紀貫之（きのつらゆき）　166, 167, 238
暁台（きょうたい）　→加藤暁台（かとう・きょうたい）
去来（きょらい）　→向井去来（むかい・きょらい）
レオニー・ギルモア　132
愚哉（ぐさい）　→折井愚哉（おりい・ぐさい）
久隅守景（くすみ・もりかげ）　241
久保田万太郎（くぼた・まんたろう）　3
倉田葛三（くらた・かっさん）　235
倉俣史朗（くらまた・しろう）　117, 118
黒柳召波（くろやなぎ・しょうは）　90-94, 96, 168
桑原武夫（くわばら・たけお）　252
恵施（けいし）　93, 94
小泉孤屋（こいずみ・こおく）　240, 241
光悦（こうえつ）　→本阿弥光悦（ほんあみ・こうえつ）
孤屋（こおく）　→小泉孤屋（こいずみ・こおく）
後白河法皇　71
小寺敬子（こでら・よしこ）　122
後藤夜半（ごとう・やはん）　139

【サ行】
西行（さいぎょう）　43, 135, 167, 186-188
西郷隆盛　147
坂内文應（さかうち・ふみお）　175, 198, 199
坂上是則（さかのうえのこれのり）　238
佐野常世（さの・つねよ）　221
杉風（さんぷう）　→杉山杉風（すぎやま・さんぷう）
慈円（じえん）　119
子珊（しさん）　240, 243, 244
志太野坡（しだ・やば）　240-242
之道（しどう）　→槐本之道（えのもと・しどう）
只眠（しみん）　235
釈迦　103, 141, 142, 248
洒堂（しゃどう）　→浜田洒堂（はまだ・しゃどう）

人名索引

【ア行】
会津八一（あいづ・やいち） 135
芥川龍之介（あくたがわ・りゅうのすけ） 264
飴山實（あめやま・みのる） 49, 156-162, 174-176, 180, 184
飴山宮子（あめやま・みやこ） 175
ジョルジオ・アルマーニ 163, 166
アレクサンドロス大王 105
阿波野青畝（あわの・せいほ） 143
安藤忠雄（あんどう・ただお） 63, 64, 117, 205, 206, 209-211, 216, 222
安東次男（あんどう・つぐお） 188, 189
飯尾宗祇（いいお・そうぎ） 43
飯田蛇笏（いいだ・だこつ） 6, 20
飯田龍太（いいだ・りゅうた） 4-6, 10, 20, 21
池田利牛（いけだ・りぎゅう） 240, 241
池内政忠　（いけのうち・まさただ） 249
石川淳（いしかわ・じゅん） 189
石田波郷（いしだ・はきょう） 11, 58, 59, 61
石元泰博（いしもと・やすひろ） 117
和泉式部（いずみしきぶ） 167
惟然（いぜん） →広瀬惟然（ひろせ・いぜん）
伊藤一彦（いとう・かずひこ） 178-180, 182
伊吹和子（いぶき・かずこ） 125, 130
岩井英雅（いわい・えいが） 175
岩井善子（いわい・よしこ） 198
斎部路通（いんべ・ろつう） 121
上島鬼貫（うえじま・おにつら） 216, 217, 235
永福門院（えいふくもんいん） 85, 167
ガブリエレ・エッカルト 189, 191, 192
槐本之道（えのもと・しどう） 243
大江千里（おおえのちさと） 135
大江丸（おおえまる） →大伴大江丸（おおとも・おおえまる）
大岡信（おおおか・まこと） 188-190, 192, 193, 227, 228, 230, 235, 236
大久保憲一（おおくぼ・けんいち） 99
大島蓼太（おおしま・りょうた） 235
大伴大江丸（おおとも・おおえまる） 154
大伴家持（おおとものやかもち） 218-220
岡部六弥太（おかべ・ろくやた） 75-77
岡本圭岳（おかもと・けいがく） 139
織田信長 43
鬼貫（おにつら） →上島鬼貫

長谷川 櫂（はせがわ・かい）

1954年（昭和29年），熊本県に生まれる．俳人．
東京大学法学部卒業．現在，俳句結社誌『古志』主宰，
NPO 法人「季語と歳時記の会」代表，朝日俳壇選者，
東海大学特任教授（文学部文芸創作学科）．
句集『古志』（牧羊社），『天球』，『果実』，『蓬萊』，『虚空』（読売文学賞受賞），『松島』，『初雁』（花神社），『新年』（角川学芸出版）
著書『俳句の宇宙』（花神社，サントリー学芸賞受賞）
『一度は使ってみたい季節の言葉』（正・続，小学館）
『俳句的生活』（中公新書）
『古池に蛙は飛びこんだか』（花神社）
『四季のうた』第一－三集（中公新書）
『麦の穂』（中公新書）
『「奥の細道」をよむ』（ちくま新書）
『一億人の俳句入門』（講談社）
『一億人の季語入門』（角川書店）
『国民的俳句百選』（講談社）

俳句的生活《はいくてきせいかつ》
中公新書 *1729*

2004年1月25日初版
2009年4月15日12版

著　者　長谷川　櫂
発行者　浅　海　保

本文印刷　三晃印刷
カバー印刷　大熊整美堂
製　　本　小泉製本

発行所　中央公論新社
〒104-8320
東京都中央区京橋 2-8-7
電話　販売 03-3563-1431
　　　編集 03-3563-3668
URL http://www.chuko.co.jp/

Published by CHUOKORON-SHINSHA, INC.
Printed in Japan　ISBN4-12-101729-3 C1292

中公新書刊行のことば

一九六二年一一月

いまからちょうど五世紀まえ、グーテンベルクが近代印刷術を発明したとき、書物の大量生産は潜在的可能性を獲得し、いまからちょうど一世紀まえ、世界のおもな文明国で義務教育制度が採用されたとき、書物の大量需要の潜在性が形成された。この二つの潜在性がはげしく現実化したのが現代である。

いまや、書物によって視野を拡大し、変りゆく世界に豊かに対応しようとする強い要求を私たちは抑えることができない。この要求にこたえる義務を、今日の書物は背負っている。だが、その義務は、たんに専門的知識の通俗化をはかることによって果たされるものでもなく、通俗的好奇心にうったえて、いたずらに発行部数の巨大さを誇ることによって果たされるものでもない。現代を真摯に生きようとする読者に、真に知るに価いする知識だけを選びだして提供すること、これが中公新書の最大の目標である。

私たちは、知識として錯覚しているものによってしばしば動かされ、裏切られる。私たちは、作為によってあたえられた知識のうえに生きることがあまりに多く、ゆるぎない事実を通して思索することがあまりにすくない。中公新書が、その一貫した特色として自らに課すものは、この事実のみの持つ無条件の説得力を発揮させることである。現代にあらたな意味を投げかけるべく待機している過去の歴史的事実もまた、中公新書によって数多く発掘されるであろう。

中公新書は、現代を自らの眼で見つめようとする、逞しい知的な読者の活力となることを欲している。

中公新書

言語・文学・エッセイ

j1

言語・文学・エッセイ